Franz Ludwig Haller

Leben des Herrn Robert Scipio von Lentulus,

weiland Generalleutnant in Königl. Preußischen Diensten und der Bernerischen

Völker

Franz Ludwig Haller

Leben des Herrn Robert Scipio von Lentulus,
weiland Generalleutnant in Königl. Preußischen Diensten und der Bernerischen Völker

ISBN/EAN: 9783743621275

Hergestellt in Europa, USA, Kanada, Australien, Japan

Cover: Foto ©Raphael Reischuk / pixelio.de

Franz Ludwig Haller

Leben des Herrn Robert Scipio von Lentulus,

Leben

des Herrn

Robert Scipio

von Lentulus,

weiland Generalleutnant

in

Königl. Preußischen Diensten und der Bernerischen
Völker, ꝛc. ꝛc. ꝛc.

Beschrieben

von

Fr. Ludwig Haller,

Hauptmann.

Bern,

in der Hallerschen Buchhandlung,
1787.

Dem

Woledelgebornen Herren,

Herrn Rudolf von Frisching,

des Großen Raths der Stadt
und Republik Bern,

Ruhmlichst ausbedienten Landvogt
von Wangen,

Einem Anverwandten
und vorzüglichen Freunde
des Wolseligen Herrn Generals,
wiedmet diese Blätter,
Woldesselben

gehorsamster Diener,
der Verfasser.

* 2

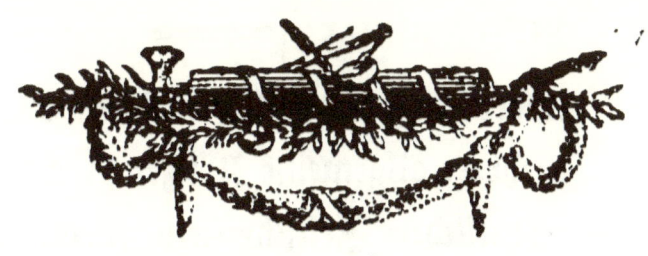

Vorbericht.

Ich werde nicht glauben, in dieser Schrift alles gesagt zu haben, was zum Ruhm dieses berümten Generals und der Zeit - Epoche, worinn er seine Thaten verrichtet, hätte gesagt werden können; aber das wenige, was ich liefere, ist aus zuverläßigen Quellen gezogen, vieles aus mündlichen Nachrichten solcher Personen, die den Wolseligen Herrn General genau zu kennen die Ehre hatten,

anders aus ſchriftlichen Aufſäzen, und
mehrere allgemeine Notizen fanden ſich in
offentlichen Zeitſchriften, meiſtens aber
in der Geſchichte der Preußiſchen
Kriege, welche die anerkannten großen
Militäriſchen Verdienſte dieſes unter den
Waffen grau gewordnen Feldherrn auf-
bewahren.

Ich wollte alſo nur kurz meinen Lands-
leuten den Schweizern zeigen, wer
Lentulus war! um den dapfern
Mann ihrem Andenken ehrwürdig und
werth zu erhalten.

Haller.

Rupertus

Robert Scipio von Lentulus stammte von einer aus Italien in die Schweiz gekommenen Familie; der erste dieses Namens, welcher schon am Ende des 16ten oder im Anfang des 17ten Jahrhunderts von Rom nach Bern kam, und allhier das Patrizische Burgerrecht erhielt, war ein Praktikus der Arzneykunst; dieser leitete, vielleicht nicht ohne Grund, sein Geschlecht von den alten Römischen Lentulis her, einem Zweig des edlen Stamms der Cornelier, welche sich durch ihre Thaten so berühmt gemacht; denn haben nicht die Trophäen der grossen Scipionen über den furchtbarn Hannibal und den Antiochus, über Numanz und Karthago; die opima spolia des Vejenter-Königs Tolumnius, welche Cornelius Cossus Lentulus dem Jupiter Feretrius gebracht; des Cornelius Dolabella Vertilgungs-Schlacht

A

der Gallier am Vadimonifchen - See; des Cornelius Sylla Glük und Siege über Jugurtha, Marius und den Mithridat, und selbst die unvergleichliche Tugend Corneliens, der Tochter des Groſſen erſten Afrikaners und Mutter der Grachen, dieſem Geſchlecht einen hohen Glanz erworben? Die meiſten, ja alle Mitglieder der Familie von Lentulus behielten auch nach ihrer Verſezung aus Italien in die Schweiz Röm. Namen, und hieſſen mehrentheils Cäſar oder Scipio; zwar gelangten die Lentulus in ihrer neuen Vaterſtadt bald zu Reichthum und Ehren; dennoch ſuchten verſchiedene ihr Glük in fremden Kriegsdienſten.

Cäſar Joſeph von Lentulus ſchwang ſich durch Muth und Tapferkeit ſo weit empor, daß, ungeachtet er ein Proteſtant war, er unter Karl VI. von Grad zu Grade ſtieg, und im Jahr 1744. als Oeſtreichiſcher General - Feldmarſchalleutnant und Kommandant der Stadt und Feſtung Cronſtadt in Siebenbürgen ſein Leben ſchlieſſen konnte;

dieſer Herr erzeugte mit Marien Eliſabeth,
verwittibten Lodiſano, geb. von Wangen=
heim unſern Robert Scipio, welcher im
J. 1714. ain 18ten Aprill zu Wien das
Licht der Welt erblikte; auch er wurde dem
Kriegsdienſt gewidmet, erlernte daher alle
nöthige Wiſſenſchaften, und wurde im Jahr
1728. als Fähndrich beym Kaiſerl. Drago=
ner = Regiment von Philippi angeſtellt; das
Regiment mußte gleich darauf in Italien
marſchiren; unſer Herr von Lentulus be=
kam Erlaubnis, dieſes irdiſche Paradies zu
bereiſen, welche er ſo gut nuzte, daß er
Venedig, Parma, Plazenz, Florenz,
Livorno, Piſa, Rom und Neapel, beſah;
im Jahr 1731. gieng er mit dem Regiment
in Steyermark; aber der Feldmarſchall
Merci, der wie es ſcheint, ein Freund des
Vaters von unſerm Herrn von Lentulus
geweſen, nahm ihn bey Ausbruch des in
1733. zwiſchen Oeſtreich und denen Bour=
boniſchen Höfen, deren Partey auch Sar=
dinien hielt, erfolgten Kriegs als Adju=

4

dant mit sich, und er wohnte der in 1734. unweit Parma gelieferten blutigen Schlacht bey. Mercy hatte die Völker der 3 Kronen in ihrer vortheilhaften Stellung, die er aber, wegen seinem blöden Gesicht gar nicht für unangreiflich hielt, atakiert: 18= 20. Bataillone seines linken Flügels mußten nebst einigen Dragonern, das ganze feindliche Feuer aushalten, welches in dem engen Terrän, worauf es sich kreuzte, sehr mörderisch war; die Bourbonier konnten bey ihrer grössern Menge einander beständig ablösen, wenn sich die einen verschossen hatten, und da sie mehr Leute zugleich ins Feuer brachten; so war der Vortheil immer auf ihrer Seite; die Kaiserlichen hatten sich zwar einer verschanzten Caßine und einiger Kanonen bemächtigt, mußten aber solche bald wieder verlassen; da sie solche nicht behaupten konnten, indem sie weder Völker vom rechten Flügel à tempo herbeybringen, noch ihre Reiterey gebrauchen, noch die Feinde weiter aus ihren Schanzen zu treiben vermoch-

ten; Merci blieb selbst durch einen Falko-
netschuß, und Prinz Friedrich Ludwig von
Würtemberg, der bald darauf bey Gua-
stalla umkam, führte die Oestreicher zurük,
welche nicht lange darnach Italien räumen
mußten; unser Herr von Lentulus kehrte
gleich nach seines Feldherrn Tode zurük,
und gieng wieder zum Reginrent, welches
am Rhein gegen die Franzosen stand; hier
gab ihm der Feldmarschall Philippi im
Dec. eine Compagnie, und er befand sich
mit dem Regiment im folgenden Jahr beym
Heer, welches Feldmarschall Sekendorf an
die Mosel führte, wohnte dem Gefecht bey
Klausen bey, und reglierte nach getroffenem
Waffenstillstand mit dem Graf von Chate-
lur, den der Marschall von Kolgni hiezu
beordert hatte, die Quatier-Linien derer
beydseitigen Kriegsvölker.

In dem zwischen Oestreich und der
Ottomannischen Pforte im Jahr 1737.
hatte der Herr Hauptmann von Lentulus
mehr als einmal Gelegenheit sich hervorzu-

A 3

thun; denn im J. 1738. belagerten die Türken Orſowa, eine ziemlich wichtige Feſtung
in Ungarn an der Donau; das Oeſterei-
chiſche Heer, welches Franz Stefan, Groß-
herzog zu Toſcana, Kaiſer Karls VI. Toch-
termann, und der Feldmarſchall Königsek
befehligten, marſchierte zum Entſaz herbey,
und ſtieß zwiſchen Cornia und Meadia
auf den Feind, deſſen Reiterey nebſt einigen
Janitſcharen, wirklich die Brigade Fußvolk
des Prinzen von Sachſen - Hildburghauſen
und die Dragoner Regimenter von Jörger,
Khevenhüller und Ferdinand Bayern zum
Weichen gebracht hatte; allein die Hohen-
zollerſchen Küraßier und Dragoner von
Philippi kamen zu Hülfe, und jagten das
Türkiſche Korps von einer vortheilhaften
Anhöhe unweit Meadia herunter. Dieſer
Ort, deſſen ſich die Ottomannen auch ſchon
bemeiſtert gehabt, gieng zwar alsbald an
die Deutſchen über; da ſich aber dieſelben
noch diſſeits Meadia ſezen wollten, grif
der Feind eine große Schanz unweit davon

und zugleich die Dragoner Regimenter Savoyen und Khevenhüller hizig an; diesen
kamen jedoch Philippi und Hohenzollern
schleunigst zu Hülfe, und machten ein solch
fürchterliches Feuer, daß sie alle ihre Muni-
tion verschossen, die Türken aber zurügettrie-
ben wurden; hier fiel der Hauptmann von
Lentulus mit 2 Schwadronen seines Regiments einem Schwarm Janitscharen auf'n
Leib, und hieb sie meistens zusamen. In
dem unglüklichen Treffen bey Grozka im
Jul. 1739. büßten alle Oesterreichischen Reiter = Regimenter sehr viele Leute ein, und lie-
fen sogar Gefahr, gänzlich ruinirt zu werden, wenn nicht der Prinz von Sachsen=
Hildburghausen an der Spize einiger Bataillonen denenselben Luft gemacht hätte;
auch der Herr von Lentulus wohnte diesem
Treffen bey. Der Geist und der Mut des
Großen Eugens führte damals die Kaiserl.
Heere nicht mehr, und, troz aller Bravheit
derer Befehlshaber und Soldaten, konnten
dieselben bey damaliger Beschaffenheit der

Finanzen, ꝛc. unter Sekendorf, Neüperg
und Olivier Wallis wenig ausrichten. Kaiser Karl mußte noch in diesem Jahr den ihm
so nachtheiligen Belgrader-Frieden schlies-
sen; nach dessen Bekräftigung der Herr von
Lentulus, ungeachtet er blos 25 Jahre alt
war, zum Kaiserl. Commissär zu Bestim-
mung deren Gränzen von Serbien und dem
Temeswarer-Bannat ernannt wurde; so-
denn gieng er als ausserordentlicher Gesand-
ter zur Bestätigung der Gränzscheidung nach
Konstantinopel; da man ihm aber Schwie-
rigkeiten machte, und die Sache immer ver-
schob; so bereißte er innert 6 Monaten An-
gora, Scio, Smirna und andere merkwürdige Orte in der Levante und im Archi-
pelagus; er that sogar eine Reise nach Egyp-
ten, woselbst er das merkwürdigste aus äl-
tern und neuern Zeiten, besonders die Gegend, in welcher die Kinder Israels übers
rothe Meer gegangen, in Augenschein nahm;
diese betrachtete er mit dem militärischen Au-
ge eines künftigen Feldherrn, und fand, wie

er seither selbst gesagt, „daß Moses bey Veranstaltung des Uebergangs, welcher in einer
grossen gedrängten Kolonne geschah, sich als
ein treflicher General der Infanterie bewie-
sen hätte.„ Bey seiner Rückkunft nach Konstantinopel wurde endlich die Gränzscheidung ratificirt, und hier erfahr der Herr
von Lentulus Kaiser Karls Tod und die
Thronbesteigung Marien Theresens in Ungarn; hierauf reißte er nach gehabter Ver-
hör beym Groß = Sultan, aus der Türkey
ab, übergab seine Verrichtung zu Wien,
und wohnte noch in gleichem Jahr 1741.
der Krönung der Königin von Ungarn zu
Presburg bey.

Der am Ende des Jahrs 1740. erfolgte
Hinscheid Kaiser Karls VI. des lezten männ-
lichen Zweigs von Habsburg, hatte einen
derer blutigsten Kriege um die Oestreich-
sche Erbfolge sowohl als um die Kaiserwür-
de erregt. Bayern, Sachsen, Brandenburg, und bald darauf auch Neapel, Spa-
nien und Frankreich, bekriegten Marien

Theresen, Karls ältere Tochter; welche,
wie gedacht, als Königin von Ungarn war
ausgerufen worden. Da der neue König
von Preußen, Friedrich II. der sich nach-
her den Beynamen des Großen erworben.,
in Schlesien eingebrochen war; so hatte
Feldmarschall Neipperg mit 30 = 35000.
Mann durch Mähren dahin eilen müssen,
um sich desselben fernern Fortschritten zu
widersezen; dieser verlor am 10ten April
1741. bey Molwitz eine Schlacht, worinn
unter andern der Feldmarschalleutnant,
Vater unsers Herrn von Lentulus, welcher
den rechten Oestreichischen Reiterflügel anführte, selbst verwundt worden; obwohl
er kurz hierauf im August zu Klein = Schnel-
dorf in Ober = Schlesien mit dem Preußischen General = Major Prinz Dietrich von
Anhalt = Dessau die Auswechslung derer
Kriegsgefangenen und andre geheime Unter-
handlungen besorgen konnte. Unser Herr
Hauptmann von Lentulus machte mit dem
Regiment im J. 1742. den Krieg in Böhmen

und Bayern mit, wo er ſich unter den Befehlen des Groſſen Khevenhüllers und des
Fürſten von Lobkowiz befand; Anfangs des
folgenden Feldzugs aber war er beym Oeſtreichiſchen Heer in Bayern unter den Befehlen des Prinzen Karls von Lothringen,
welches im May 1743. das, aus Bayern
und Heſſen beſtehende, zwiſchen Braunau
und Simbach gelagerte Korps des Bayriſchen Generals von Minuzzi überfiel, und
daſſelbe nach ziemlichem Widerſtand, und
nachdem ſolches durch die Völker des Generals von Nadaſti in der Flanke genommen worden, faſt gänzlich aufrieb; die Oeſt-
reichiſche Reiterey, worunter ſich auch das
Philippiſche Dragoner - Regiment befand,
trug ſehr vieles zu dieſem Erfolg bey; die
Generale von Minuzzi, Preiſing und Ga-
brieli wurden mit ein paar 1000. Mann
gefangen, und die Bayriſchen Reiter und
Dragoner, ſamt den Regimentern Mirbach
und Leib - Regiment Heßen, meiſtens nie-
dergerichtet; dieſer Streich entſchied das

Glük des ganzen Feldzugs in Bayern, und die Oestreichische Macht konnte sich nunmehr sicher gegen den Rhein wenden und Elsas bedrohen. Der Herr von Lentulus blieb mit dem Regiment unter denen Völkern des Feldmarschalls Grafen von Bathiani, welche 15 = 20000 Mann ausmachten, zur Bedeckung von Böhmen und Bayren zurük.

Im folgenden Jahr hatten die Oestreicher das Glük, übern Rhein zu gehn, und bis an die Lothringischen Gränzen vorzudringen, und obwohl eine starke Hülfe vom Französischen Heer aus Flandern her, beeilte; so schien es doch, als ob sich der Prinz Karl noch länger hätte im Elsas behaupten = und sogar Strasburg wegnehmen können, welches verhältnismäßig nur schwach mit Landmiliz besezt war; allein Frankreich hatte in diesem Jahr mit dem König von Preußen die Frankfurter = Union geschlossen, und derselbe brach Anfangs Sept. mit 80000. Mann, welche unter ihm der Feldmarschall Graf von Schwerin, und Prinz

Leopold Maximilian von Anhalt-Dessau
befehligten, in Böhmen ein; und rükte vor
Prag, welches förmlich angegriffen wurde;
diese Hauptstadt vertheidigten zwar die Generale Harsch und Ogilvi mit 14000 Mann,
meistens Ungarische und Böhmische Land-
milizen; unser Herr Hauptmann von Lentulus war auch mit 200. Dragonern hieher kommandirt worden, und that verschiedene glükliche Ausfälle; doch sahe sich Harsch
in kurzem zur Uebergabe gezwungen, und
mußte sich mit der ganzen Besazung zu Kriegsgefangnen ergeben; der Herr von Lentulus einzig wollte die Kapitulation nicht un-
terschreiben; (so machte es im J. 1757. zu
Breslau der Oestreichische General Philip
Levin, Freyherr von Bek, welcher in gleichem Fall die Kapitulation zu unterzeichnen
sich weigerte) sondern sagte zum Preußischen General Einsiedel, mit dem sie geschlossen worden: er wäre in Prag zum Fechten
und nicht zum Gewehrstreken! zu seinen Leuten aber sprach der Herr Hauptmann:

„ Dragoner! was ihr mich thun seht, das
„ thut mir nach! „ und sobald er mit ihnen in die Mitte derer in 2 Reihen gestell-
ten Preußischen Bataillonen kam; so zer-
brach er den Degen, welches ihm alle seine
Leute nachthaten; dieses Betragen gefiel dem
König von Preußen so wohl, daß er ihn
folgenden Tags zur Tafel zog, ihm Kriegsdienste anbot, welche derselbe aber dißmal
ablehnte, um nicht gegen die Königin von
Ungarn fechten zu müssen, und entließ ihn
auf sein Ehrenwort nach Wien; das Verhalten unsers Herrn Hauptmanns hätte sehr
wohl verdient, daß er befördert werden sollte;
man machte ihm auch gute Hoffnung dazu;
allein es blieb bey leeren Worten, und der
Herr von Lentulus merkte wohl, daß man
am Wiener-Hofe nicht die Verdienste, sondern die Religion derer Officiers in Betrachtung ziehe; obwohl nun sein Herr Vater,
gleich andern unkatholischen Befehlshabern,
sich zu hohen Stellen im Oestreichischen Militär emporgeschwungen; so hatten sie es doch

nicht immer ihren Verdiensten einzig, sondern dem Ansehen und dem kräftigen Fürwort
des ächten Kenners derselben, des grossen
Eugens, und nicht selten einigen zu rechter
Zeit und am rechten Ort angebrachten reichen Geschenken zu danken; der Feldmarschalleutnant, Vater unsers Herrn von Lentulus, und er selbst, hatten Verdienste genug
um das Oestreichische Haus, und doch über-
gieng man den Herrn Hauptmann bey ver-
ledigten Majorsstellen, und gab solche Offizieren, welche jünger am Dienste waren,
sich aber zur herrschenden Religion bekannten; dieses verleidete dem Herrn von Lentulus das Oestreichische Militär, und er ent-
sagte dem Dienst einer Monarchin; welche,
bey den erhabensten Eigenschaften, die
Schwachheit hatte, ihre Officiere nach dem
Glauben und nicht nach den Werken zu belohnen und zu befördern; diese Schwachheit brachte sie um viele wakre Krieger,
welche sonst Theresien wider ihre Feinde,
nun aber jenen gegen sie selbst, Arm und

Schwerd anboten; wie viele edle Ungarn,
welche des evangelischen Glaubens wegen in
ihrem Vaterland keine Beförderung hoffen
könnten, oder sonst zurükgesezt wurden,
suchten und fanden ihr Glük in Preußischen
Kriegsdiensten? Die Keöszeght, Nagy,
Ruesch, Hallasch, Ghilani, Szekely, Ki-
neßey und hundert andre geborne Ungarn
und Siebenbürger haben dem König von
Preußen treffliche Dienste geleistet, und die
Preußischen Husaren, welche heut zu Tag
für die besten gehalten werden, sind es vornemlich durch die vielen unter ihnen befind-
lichen Ungarn geworden. Theresens grosser
Sohn und Thronfolger Joseph II. handelte
in diesem Stük schon anders, und belohnt
in den seinen weder Katholik noch Protestant,
sondern den braven und wohlverdienten Offizier und Soldat, worinn er dem Beyspiel
König Friedrichs folgt, der unter seinem
Militär so viele würdige Männer hatte, welche sich zur Kathol. Kirche bekannten, wie
z. E. die Generale Rothenburg, Werner,

K. A. M.

u. a. m. und solche doch ohne Unterschied des
Glaubens hervorzog, und belonte. Der
Herr Hauptmann von Lentulus verließ die
Oestreichischen Kriegsdienste Anfangs des J.
1745. und reiste nach der Schweiz, um seine
Vaterstadt Bern, welche er noch nie gesehen
hatte, zu besuchen; hier wurde er von seines Vaters Bruder, der 2 Jahr vorher in
den Tägl. Rath war befördert worden, mit
vielem Vergnügen empfangen, und an Ostern
1745. bey damaliger Befördrung in Großen
Rath, durch ihn zum Mitglied desselben ernennt, und der Herr Hauptmann gedachte
sich nunmehr in Bern niederzulassen, aber
die Vorsicht hatte es anderst beschlossen. Die
Militärischen Talente des Herrn Hauptmanns
von Lentulus waren, seit seinem rühmlichen
Verhalten zu Prag, dem Kennerauge des
Grossen Friedrichs nicht entgangen; der
König hatte daher kaum am 25ten December
bemelten Jahrs den Dresdner ⸗ Frieden
geschlossen, als er schon den Herrn von Len⸗
tulus in seine Dienste zu ziehen trachtete;

B

derselbe erhielt im Anfang Jenners 1746 vom
Fürsten Leopold zu Anhalt = Dessau, ein
sehr verbindliches Schreiben, worinn ihm
auf die gnädigste Art Königl. Preußische
Kriegsdienste angetragen wurden. In de=
nen Diensten eines solchen Königs, wo Treue
und Dapferkeit nicht unbemerkt blieben, und
ohne Unterschied des Stands, der Nazion
und des Glaubens belont zu werden pfleg=
ten, — eines Königs, der nur erst 2. wichtige
Kriege durch die ruhmlichsten Friedensschlüsse
bekrönt = und schon 5. Hauptschlachten gewon=
nen hatte, war es doppelte Ehre auf diese
Art eingeladen zu werden, und der Herr von
Lentulus stand nicht lang an, ob er den Ruf
annehmen wolle? Die Beweggründe welche
ihn 15. Monate vorher abgehalten hatten,
in Preuß. Dienste zu treten, walteten nicht
mehr, da er des Oestreich. Militärs ent=
lassen = und besonders, da sein Herr Vater,
der Feldmarschall = Leutnant, schon am 29ten
May 1744. zu Cronstadt gestorben war;
der Herr von Lentulus trat also mit Rang

vom 16ten Sept. 1744. als Flügel=Adjutant
und Major von der Reiterey in Preußische
Kriegsdienste; der König fand an ihm den
brauchbaren und thätigen Mann, den er suchte,
und that alles mögliche, um ihn seinem Dienst
zu gewinnen; Er verheirathete daher unsern
Herrn Obristwachtmeister am 14ten Jenner
1748. mit Maria Anna, Gräfin Tochter
des Königl. Geheimen Staatsministers und
Oberstallmeisters Bogislaf Friedrich von
Schwerin, welche Hofdame bey der regie=
renden Königin war; diese Vermälung ge=
schah auf dem Schloß zu Berlin, in Gegen=
wart Ihro Königl. Majestäten und des gan=
zen Hofs durch den Oberhofprediger Sak,
worauf der König einen prächtigen Ball und
ein Nachtessen gab, und das neuvermälte
Paar reichlich beschenkte, welche Verbindung
für den Herrn Obristwachtmeister eine desto
größre Ehre war, da sich das Gräflich=
Schwerinsche Haus einiger Verwandtschaft
mit dem Königl. Preußischen rühmen kan,
und der König besang diese Heirathsverbin=

dung in einem Gedicht *). Der Herr Major
war indessen bemüht, sich in des Königs Gunst
immer fester zu sezen; Er wohnte denen in
1746 = 47. und nachfolgenden Jahren bey
Carpzow, Spandau, Pizpuhl, ꝛc. angestellten großen Lustlagern bey, und exerzierte
die ihren Feinden schon furchtbar gewordne
Preußische Reiterey so unermüdet und mit
so gutem Erfolg, daß man ihre im siebenjährigen Kriege geleisteten Dienste meistens
auf seine Rechnung sezen kan; diese Reiterey
war unterm vorigen König ganz vernach-
läßigt und zurükgesezt worden; sie hatte fast
keine Uebung gehabt, und der Preuß. Reiter kannte das Gefühl der Ehre noch zu wenig, als daß man damals grosse Dinge mit
ihm hätte verrichten können; die Generale
und Chefs derer Kavallerie Regimenter mußten, nach Friedrich Wilhelms gemeßnem
Befehl, ihre Reiter zu Schonung der Gäule

---

*) Ode an die Gräfin Maria Anna von
  Schwerin, ꝛc. in denen Poéſies diverſes du
  Roi de Pruſſe.

anhalten, und die Leute öfters eine oder mehrere Meilen zu Fuß laufen laſſen, um die
Mären zu ſchonen, wodurch ſolche ſo dik-
leibig und ungelenkſam wurden, daß ſie ſich
faſt gar nicht rühren und rippeln mochten;
daher kam's denn, daß die Preußiſche Reiterey im erſten Schleſiſchen Krieg, ſonder-
lich bey Molwiz, Lehrgeld geben mußte,
ehe ſie, von der Schlacht bey Hohenfriedberg
an, das Uebergewicht über ihre bisherigen
Meiſter erlangen konnte. König Friedrich,
welcher durch ſeine Thaten im ſiebenjährigen
Krieg mehr als einmal zeigte, daß die Reiterey alles werden kan, was ſie ſeyn ſoll und
muß, und deſſen Feldherren bey Leuthen,
Zorndorf, Torgau, Langenſalze, Freyberg und am Tharanderwald mit derſelben
faſt unmögliche und unglaubliche Dinge verrichtet, wandte alles darauf an, ſolche je
länger je furchtbarer zu machen, weil er den
Sturm vorſah, der ihn von weitem bedrohte;
die Preußiſche Reiterey bekam ihre Zäume
an den Pferden dicht mit Eiſendrat durch-

B 3

schlungen, um das Zerhauen derselben, wodurch der Mann seines Thiers nicht mehr
Meister bleibt, zu verhindern; die Küraßiere
insbesonders hatten zur Verwahrung gegen
die Säbelhiebe eiserne Kreuze unter den Hü-
ten. Der König von Preußen ließ die nicht
fruchtlosen Bemühungen des Herrn Obristwachtmeisters von Lentulus eben so wenig
unbelont; schon im Okt. 1748. hatte er die
Gnade für ihn gehabt, Pathe des Sohns zu
seyn, den ihm seine Gemalin geboren, welcher Friedrich Wilhelm Rupert Cäsar ge-
nennt wurde; und nunmehr ernennte er den
Herrn von Lentulus zum Obristleutnant,
und schikte ihn in gleichem J. 1752. nach
Kassel, um die zwischen dem Prinz Heinrich
von Preußen und der Prinzeßin Wilhelmine
von Hessen = Kassel gestiftete Vermälung zu
unterzeichnen, und der Trauung im Namen
des Prinzen beyzuwohnen; noch in diesem
Jahr verlieh ihm sein Monarch die Baronie
Kolombier im Fürstenthum Neuenburg.
Im J. 1754. verlor der Herr Obristleutnant

seine Gemalin, nachdem sie ihm 4. Söhne ge=
boren hatte, wovon aber nur noch 2. leben,
deren wir am Schluß dieser Nachrichten ge=
denken wollen.

Im J. 1756. brach der 3te Schlesische
Krieg aus, welcher auch der siebenjährige
heißt, und dem König Friedrich von Preußen,
dessen Macht und zunehmendes Ansehn ihm
den Neid derer meisten Europäischen Fürsten
zugezogen hatte, ein volles Recht auf die Bey=
namen des Grossen -- des Größten und des--
Einzigen erwarb; Rußland, Oestreich und
Frankreich, drey Mächte, welche zusamen
genommen, ganz Europa zittern machen,
verschworen sich mit einander wider den wei=
sen und unerschroknen Brennen = König;
schon in 1746. gleich nach dem Dresdner
Frieden hatten Oestreich und Rußland ein
Schuz = und Truz = Bündnis geschlossen, das
so schnurgerad gegen den König von Preußen
gerichtet war, daß man nicht nur denn über
ihn herfallen wollte, wenn er die einte oder
andere Kaisermacht angriffe, sondern auch,

wenn er von der einten oder andern selbst
bekriegt würde; diesem Vertrag trat Sachsen
bey, unter dessen schwachem Landesherrn,
dem König August III. von Polen, der alles
vermögende Minister Graf Brühl das Zutrauen des allzugütigen Fürsten so sehr mis-
brauchten, daß er ihn, dem wahren Besten
von Sachsen zuwider, in die Verbindung
zog; hiezu kam Frankreich, welches alsbald
die mit seinem Geld bestochnen Schwedischen
Reichsräthe auf seine Seite zog, so daß auch
diese Krone, ungeachtet des, vor wenigen
Jahren mit dem, durch die Bande der Bluts-
freundschaft mit ihrem Regenten vereinigten,
König von Preußen geschloßnen, Bündnisses,
unterm Vorwand der Gewährleistung des
Westphälischen Friedens, sich wider ihn er-
klärte; das Deutsche Reich war getheilt;
das Oberhaupt desselben, der Kaiser, mußte
seiner Gemalin, der Kaiserin Königin, zu
gefallen leben; sodann verhielten sich besonders die Oberdeutschen, der Oestreichischen
und Französischen Uebermacht am meisten

ansgesezten , Reichsstände , theils mit- theils
wider Willen = die Römisch= Katholischen aber
vornemlich darum , weil ihnen argliftiger.
Weise ein Glaubenskrieg vorgespiegelt ward ,
in omnibus wie Oesterreich! König Friedrich
sah , wie nöthig es wäre , so mächtigen Fein=
den zuvorzukommen ; er verband sich mit
England und einigen Patriotisch gesinnten
Fürsten Deutschlands , und scheute sich dann
nicht , die halbe Welt und ihre Helfershelfer
mit gerechten Waffen zu bestreiten ; ein Heer
von 40000. Mann , welches der alte versuchte
Schwerin anführte , dekte Schlesien gegen
die , auch von einem Helden , dem Fürst Ok=
tavius Andreas von Piccolominj = Arra=
gona befehligte , Kaiserl. Macht , während
der König selbst mit 70. Bataillonen und 80.
Schwadronen in verschiednen Kolonnen ,
welche unter ihm Feldmarschall Keith , Marg=
graf Karl , Fürst Moriz von Anhaltdessau ,
und der Herzog Ferdinand von Braun=
schweig führten , in Sachsen einbrach , und
das ganze Land nebst der Hauptstadt Dres=

den im Auguſt wegnahm, und 16000. Mann
Sächſiſcher Völker unterm Feldmarſchall
Rutowſki in ihrem feſten Lager bey Pirna
einſchloß; unſer Herr Obriſtleutnant kam
in des Königs Gefolg nach Dresden, wo ſich
aber der König nicht lang aufhielt, ſondern
gleich nach Sedliz, wo das Hauptquartier
war, und von da naher Böhmen abgieng,
woſelbſt das Preußiſche Heer unterm Feld=
marſchall Keith bis gegen 30000. Mann an=
wuchs, und die, zum Entſaz der Sachſen
anmarſchierenden, Oeſtreichiſchen Völker,
welche der Feldmarſchall Graf Maximilian
Ulisſes Broune, von Camus befehligte,
beobachten mußte. Noch vor dem Aufbruch
von Dresden hatte der Herr Obriſtleutnant
von Lentulus, Namens des Königs ſeines
Kriegsherrn, der Königin, Gemalin König
Auguſts von Polen, Churfürſten zu Sach=
ſen, die Verſicherung gebracht, daß ihr
mit aller Achtung begegnet werden ſollte,
obwol ſich dieſe Königin, eine Todfein=
din Friedrichs, bey verſchiednen Anläſſen ſo
betrug, daß der König von Preußen mehr

als einmal wider seinen Willen, zu schär=
fern Maasregeln schreiten mußte. Der Herr
Obristleutnant begleitete hierauf den Monar=
chen zum Heer in Böhmen, wo derselbe am
1ten Okt. 1756. dem Feldmarschall Broun
die Schlacht bey Lowositz abgewann. Die
Preußische Reiterey hatte vielen Antheil an
der Ehre dieses Tags; sie wurde beym vor=
rüken gegen den Feind durch die Zwischen=
räume des Fußvolks in die Ebne zwischen
Lowositz und Sulowitz vorgezogen, und prellte
zweymal mit solcher Hize auf die Oestrei=
chische, daß solche, ungeachtet sie durch ein
starkes Kanonen= und Musketenfeur unter=
stüzt war, zurükweichen mußte, wobey un=
ter andern die Regimenter von Kordua Kü=
raßier= und Erzherzog Joseph Dragoner sehr
vieles litten; allein das Oestreichische schwere
Geschüz= und Kartetschenfeur ware so heftig
und ununterbrochen, daß die Preußische
Kavallerie, nach erlittnem starken Ver=
lurst, gleichfalls zurükgehn= und sich hinter
ihrem Fußvolk sezen mußte; die Bataillone
des Preuß. linken Flügels drangen endlich

in Lowositz ein, woraus sie den Oestreich.
rechten Flügel vertrieben, und das Schlachtfeld behaupteten. Der Herr Obristleutnant
von Lentulus befand sich in dieser Schlacht,
wenn sich der Verf. nicht irrt, aufm rechten
Flügel der Preußischen Reiterey, welchen
das Regiment Gendarmen hatte; sein Verhalten muß so treflich gewesen seyn, daß der
König ihn mit der Nachricht von diesem Siege
nach Londen schikte; König Georg II. der
mit Wärme am Glüke seines königlichen
Neffen Theil nahm, beschenkte den Ueber-
bringer dieser guten Bottschaft mit recht fürst-
lichen Geschenken an Geld und Kostbarkeiten,
und der Herr Obristleutnant kehrte wieder
in Sachsen zurük, wo er meistens um den
König war, welcher in seinen Winterquar-
tieren grosse Plane zu Besiegung und Zer-
nichtung der Feinde ausdachte. Im Frühjahr 1757. drang der König mit 70000.
Mann in Böhmen ein, und jagte die Oestreicher vor sich her ins Lager bey Prag,
wo er sie, troz allen Vortheilen ihrer Stel-

lung, anzugreifen beschloß; Er nahm 15000.
Mann von seinem Heere mit sich über die
Moldau, und stieß bey Proßik zu denen
Völkern, welche Schwerin und Bevern
aus Schlesien und der Lausitz heranführten;
der Herr Obristleutnant begleitete den König,
und wohnte der blutigen Prager=Schlacht
am 6ten May 1757. bey, in welcher der
Held Schwerin und viele andre brave Be=
fehlshaber mit ihrem Tode und ehrenvollen
Wunden dem König von Preußen einen
theuren Sieg erkauften. — Die Preußische
Reiterey konnte wegen dem beschwerlichen
Terrän aufm rechten Flügel wenig thun,
wurde also meistens auf den linken gezogen,
und kam daselbst eben zur Zeit an, da der,
den leztern anfürende, Generalleutnant
Prinz von Schönaich=Carolath mit seinen
65. Schwadronen der, ihn weit überflüglen=
den, 104. Schwadronen starken, Oestrei=
chischen Kavallerie zum dritten mal hatte
weichen müssen; aber als der gefürchtete Zie=
ten mit seinen und denen Wernerschen

Husaren und dem Stechowschen Dragoner=
Regiment wie ein Sturmwetter heranprellte,
und zugleich der wakre Obristleutnant von
Warnerj mit dem zweyten Bataillon Put=
kammerscher Husaren, um den Teich von Un=
ter=Micholup herum, denen Oestreichischen
Husaren unterm General Haddik in die
Flanke gieng, so wurden diese übern Haufen
geschmissen, und zulezt in völlige Flucht ge=
sagt; einige Preußische Schwadronen fielen
sogar denen auf der Flanke des Oestreich=
schen rechten Flügels postirten Grenadieren
in Rücken und in die Seiten, und hieben
mit gutem Erfolg darauf ein. Der Herr
Obristleutnant von Lentulus half auch hier
den Sieg erfechten, hatte aber auch den Tod
des grossen Schwerin, eines Vaters=Bruders
seiner verstorbenen Gemalin, zu beweinen.

Der Herzog von Bevern hatte während
der Belagerung von Prag das Daunische
Heer über Kollin, Kuttenberg, Czaslau
und Golz=Jenkau hinaus zurükgetrieben;
als aber der Oestreichische Feldherr aus

Ungarn, Mähren und Oestreich alle mögliche Verstärkungen an Volk und Geschüz an sich gezogen - und seine Macht über 60000. Mann vermehrt hatte; so drang er wieder vor, und Bevern lief Gefahr, mit seinen 22000. Preußen mehr als einmal angegriffen - wo nicht vom Hauptheer abgeschnitten zu werden. Der König gieng daher mit dem Fürst Moriz von Anhalt an der Spize von einigen 1000. Mann aus dem Lager bey Prag ab, und vereinigte sich mit dem Herzog von Bevern, zu dem noch der Generalleutnant von Treskow nebst 4 - 5000. Mann aus Schlesien gestoßen war, unweit Kaurzim; am 18ten Jun. griff der König die Oestreicher in ihrer vortheilhaften Stellung bey Chozemiz und Kollin an; der Generalmajor Joh. Dietrich von Hülsen, welcher 7. Bataillonen des Vortrabs führte, hatte schon verschiedene Vortheile und ziemliches Terrän gegen den rechten Oestreichischen Flügel gewonnen; Ferdinand von Braunschweig unterstüzte diesen Angriff; da jedoch

des Königs Dispositionen nicht durchgehends
befolgt wurden, das Oestreich. Kartetschen=
und Kanonenfeur immer heftiger und mör=
drischer = die Preußischen Bataillonen fast
gänzlich zusamengeschossen = und keine fri=
schen Fußvölker mehr waren, die Reiterey
aber an denen wenigsten Orten gebraucht
werden konnte; so mußten die Preußen hier
zum erstenmal weichen.   Zieten hatte zwar
die Abtheilung des General Nadasti zurük=
getrieben, und das Dragoner = Regiment von
Normann hieb auf die Oestreich. Infanterie
und Kavallerie mehr als einmal mit gutem
Erfolg ein ; aber die Küraßiere konnten we=
nig thun; sie geriethen sogar durchs feind=
liche Kartetschenfeur in Unordnung, und
das Regiment Prinz von Preußen, welches
durch die Sächsischen Dragoner geworfen
ward, verlohr viele Leute und Pferde; unser
Herr Obristleutnant focht vermuthlich wie=
drum bey denen Gendarmen aufm linken
Flügel.

   Der Verlurst dieses Treffens bewog den
König

König die Einſchlieſſung von Prag aufzu-
heben, um ſeinen Feinden deſto beſſer begegnen zu können; Er übergab die Anführung
des Beverſchen Heers, welches er durch einige
Regimenter verſtärkte, ſeinem Bruder, dem
Prinz Wilhelm von Preußen; derſelbe ſollte
dem groſſen Oeſtreichiſchen Heer unterm
Prinz Karl von Lothringen und Feldmarſchall Daun den Eintritt in die Lauſiz ſo
lang möglich verwehren, und des Königs
Operazionen beſtens begünſtigen; der Prinz,
welcher ſonſt militäriſche Talente genug hatte,
wenn er unter einem andern, z. B. dem
Feldmarſchall Keith, ſtand, befolgte nunmehr
die Räthe von andern, welche noch minder
ein Heer zu führen verſtanden als er ſelbſt,
und ließ ſich von ihnen zu ſolchen Fehlern
verleiten, welche nicht nur den Verluſt von
Gabel und Zittau nach ſich zogen, und die
Preußen zur Verlaſſung von Böhmen zwangen, ſondern auch dem König ſehr nachtheilig
hätten werden können; deßwegen gieng er
mit 16 Bataillonen und 28 Schwadronen

C

von Leipa nach Budißin, wo der Prinz nach der Uebergabe von Zittau sich gelagert hatte, und nahm ihm das Commando wieder ab, welches der Herzog von Bevern erhielt; der Prinz von Preußen ließ durch unsern Herrn Obristleutnant von Lentulus den König um Erlaubnis bitten, sich zu Wieder= herstellung seiner Gesundheit vom Heer weg und nach Dresden begeben zu dörfen, und erhielt durch ihn zur Antwort: daß dieses vom Prinzen selbst abhienge, und noch den= selben Abend ein transport dahin abgehn würde; der Prinz Wilhelm verließ also das Heer am 12ten August, und langte mit einer Convoi von 400. Wagen unter Bede= kung des Infanterie = Regiments von Haut= charmoi folgenden Mittags zu Dresden an. Bey diesem Anlaß müssen wir die Bemer= kung machen, daß die daherigen Nachrich= richten von unserm Herrn von Lentulus verschieden sind; denn der Verf. derer Nach= richten über den Bayrischen Erbfolgekrieg meldet in einer Note von ihm : der Herr von

Lentulus ſeye ſchon in 1755. zum Obriſt
ernennt worden *); dagegen der Heraus-
geber des Briefwechſels zwiſchen dem König
von Preußen und dem Prinzen Wilhelm,
welcher ſolchen zweifelsohne aus ſichern Ori-
ginalien hat, denſelben nur Obriſtleutnant
nennnt **); wir haben ihn daher bis ſo lang
mit dieſem Charakter benennt, bis wir ſichere
Beweiſe vom Gegentheil bekommen.

Der König von Preußen hatte bald alle
Hände voll zu thun, um ſich derer auf ihn
eindringenden Feinde zu erwehren; Er gieng
mit 25000. Mann dem vereinten Franzöſi-
ſchen = und Reichs = Heer entgegen, welches
in Sachſen eingedrungen war, und Leipzig
bedrohte; aber Keith war nicht der Mann,

---

*) Zuverl. Nachrichten von dem in Deutſchl. über
die Bayr. Erbfolg entſtandnen Kriege, T. II.
S. 574. No. 836. Leipzig bey Kummer
1780.

**) Siehe Lettres Secrettes touchant la dern.
guerre, de main de maitre, part. L. p. 35.
Francfort 1771.

C 2

der ſich ſo bald ergeben hätte ; der König
kam, und die 3. mal ſtärkern Feinde bebten
zurük hinter die Saale und Unſtrut, wo
ſie ſich in dem vortheilhaften Lager bey Mi-
cheln und Brancrode ſezten ; der König
verfolgte ſie dahin, und ſtand gegen ihnen
über bey Bedra und Schortau; am 4ten
Nov. hatte er mit ſeiner ganzen Reiterey die
feindl. Stellung rekognoſzirt, und am 5ten
lieferte derſelbe das berümte Roßbacher-
Treffen, welches wir auch darum etwas aus-
fürlicher beſchreiben wollen, weil der Antheil, den unſer Herr Obriſtleutnant am
Gewinn dieſer Schlacht hatte, ſolchem den
Weg zu höhern Stellen gebahnt hat.

Die vereinigten Franzöſ. und Reichsvöl-
ker, waren durch eine, ihnen vom Herzog
von Richelieu zugeſchikte, Verſtärkung auf
60000. Mann angewachſen, und ihren Feldherren, dem Prinzen von Soubiſe und Herzog von Sachſeu-Hildburghauſen, wuchs
der Mut ſo, daß ſie ſich beygehen lieſſen, den
Marggraf von Brandenburg mit ſeinem

Häufgen Volks gefangen zu nehmen; der 5te
Nov. war zu dieser wichtigen Unternehmung
bestimmt, und sie bewegten sich schon früh
aus ihrem Lager, wo sie in mehrern Kolonnen rechts abmarschirten, um denen
Preußen den Weg nach Merseburg abzu-
schneiden; indessen der General Graf von
St. Germain mit einer besondern Abtheilung unweit Gröst gegen den Preuß. rechten
Flügel postirt wurde, bedrohten die feindlichen Kolonnen den linken Flügel immer
mehr, und hatten sich um den Mittag denen
Preußen ziemlich genähert; König Friedrich
durchsah mit einem einzigen Blike den ganzen
Plan und Anschlag seiner Feinde, und traf
die besten Anstalten, denselben zu vereiteln;
Er bemerkte, daß ihre Hauptabsicht auf seinen linken Flügel gerichtet war, und das
St. Germainsche Korps nur als Maske zur
Verbergung des wahren Angrifs figuriren
sollte; da sein rechter Flügel durch das Terrän bey Bedra gut gedekt wurde, so richtete
er seine Aufmerksamkeit auf dasjenige, was

C 3

gegen seine linke Flanke vorgenommen werden konnte ; der König hatte sein Quartier
auf einem Hügel hinter der Front seines
Heers, von da er alles zu übersehn im Stand
war ; Er saß mit einigen seiner Vertrauten
an der Tafel, als von denen Feldwachten
die Annäherung derer feindl. Kolonnen gemeldet wurde ; sogleich befahl er, daß die
Kavallerie unterm Generalmajor von Seidliz
sattlen- aufsizen und hinter denen Hügeln,
worauf das Lager stunde, wegmarschieren-
die Infanterie aber das Gewehr nehmen-
und derselben alsbald folgen solle ; das Lager blieb zum Schein stehn, um die Feinde
sicher zu machen. Die Vereinigten, an deren
Spize die Oestreichische und Reichs-Reiterey
marschirte, beschleunigten ihr Vorrüken, und,
weil sich auf denen Hügeln bey Lundstedt
und Busendorf nur wenige von denen Sze-
kulischen grünen Husaren sehn liessen, so
glaubten sie : die Preußen zögen sich wirklich
gegen Merseburg zurük, und hätten nur
eine Arrieregarde stehn lassen, mit der sie bald

fertig zu werden dachten; kaum aber waren
sie neben Busendorf herausgekommen, und
auf demjenigen, für sie nachtheiligen, Terrän,
wo sie der König haben wollte, als solcher
durch eine steigende Rakete seinen Völkern
das Zeichen zur Schlacht gab; ein entsezli-
ches Kanonen- und Kartetschenfeur vom Ja-
nus-Hügel und von denen verdekten Batterien im Lager empfieng und verwirrte die
dieses nicht erwartenden Feinde; die erste
Preuß. Reiter-Linie hatte sich formirt, und
stürzte auf die an der Spize marschirenden
Kaiserl. Regimenter von Bretlach und
Trautmannsdorf herein; diese alten Krieger trieben zwar den ersten Anfall zurük,
allein die Gendarmen, Garde-du-Corps
und Leib-Küraßlers, welche der dapfre
Seidliz und unser Herr Obristleutnant anführten, hatten sich im Hui wieder formirt,
und innert 2. Minuten prellten sie wieder mit
solchem Ungestüm auf die Oestreicher los,
daß solche auf die ihnen folgende Reichs-
Reiterey geworfen wurden; es kamen ihnen

zwar einige Schwadronen Französischer Reiterey zu Hülfe, und feurten auf die Preußische; allein diese wurden auch von andrer
Reiterey aus dem 2ten Treffen unterstüzt,
und sezten ihren Angriff so mutig fort, daß
beyde feindl. Reiterlinien nebst der Reserve
völlig übern Haufen geschmissen - und geschlagen wurden, wobey die Preuß. Reiter vom
Regiment Driesen oder vom Leib - Regiment
Küraßiers, welche meistens aus Pommern
und Märkern bestanden, einander zuruften:
Bröderken gah to! d. i. so viel als bey den
Preuß. Grenadiern in andern Gelegenheiten:
Druff Brüder! Alle Bemühungen einiger
feindl. Staabs - Offizieren, die Leute in Ordnung zu bringen, waren vergeblich, und die
Unordnung unter dieser Kavallerie allgemein; die Oestreichischen Küraßiere verloren so stark, daß beyde Regimenter Trautmannsdorf und Bretlach einige Zeit hernach zusamen kaum 600. Mann ausmachten.

Während dieses zwischen der Preußischen
und gegenseitigen Reiterey vorgieng, waren

die Infanterie - Kolonnen des vereinigten
Heers nahe genug bis Reichertswerben vor-
gekommen, um durch das fürchterliche Feur
des Preuß. Geschüzes in Verwirrung zu ge-
rathen ; umsonst suchte der Graf von Au-
male, Großmeister der Franz. Artillerie,
mit seinen Brigaden solches zum schweigen
zu bringen ; die Franz. Kanonen wurden
bald durch die treflich bedienten Preußischen
Batterien unter der Direktion des Obrist von
Möller demontirt, und mußten verstum-
men. Prinz Heinrich von Preußen führte
6. Bataillonen Fußvolks mit starken Schrit-
ten herbey, welche sich an Reichertswerben
anschloßen, und ein so schnelles und würksa-
mes Feur mit solcher Wirkung machten,
daß die Verwirrung unter denen Feinden
immer größer wurde; sie suchten zwar ihre
Kolonnen deploliren-und in Schlachtordnung
aufmarschiren zu laßen ; allein da sie sich unterm Preuß. Kartetschenfeur formiren mußten ; so richtete daßelbe nur desto stärkere
Verwüstungen an ; der Prinz von Soubise

ließ das Infanterie-Regiment von Royal-
Piemont mit aufgestrekten Bajoneten anrü-
ken; aber gegen Preußen gelingt dieses
Manöver nicht leicht einem Feind; die an-
marschirenden Franzosen verloren durch das
heftige Preuß. Feur den Muth und die Kon-
tenanz so sehr, daß sie, mit Wegwerfung des
Gewehrs, ohne einen Schuß zu thun, da-
vonliefen; ein anders Infanterie-Regiment,
wo ich nicht irre, das von Mailli, verließ
Pelotonweise seinen Posten und die Fahnen,
ungeachtet die Offiziers ihre Bursche an die
Ehre Frankreichs erinnerten. Die Unordnung wurde zulezt allgemein, da besonders
einige Preuß. Reiterey in die zerstreuten Bataillonen einhieb; nur die dapfern Schweizer von Salis, Waldner, Witmer und
Dießbach hielten das Preuß. Feur so stand-
haft aus, daß selbst der König von Preußen
ihre Herzhaftigkeit bewunderte, und denen
braven Rothröken zu verschonen befahl;
die St. Germainsche Reserve dekte einiger-
massen den Abzug des geschlagnen Heers,

welcher indeſſen eine völlige Flucht war. Unſer Herr Obriſtleutnant von Lentulus hatte
ſich im Treffen bey der erſten Linie Reiterey
hervorgethan, und ihm trug Friedrich die
Verfolgung des Feindes auf ; Er gieng alſo
mit denen Szekuliſchen Huſaren, einigen
Schwadronen von Katt und Meineke Dragoner und dem Meyerſchen Freykorps denen Flüchtigen über Markwerben, Uchtriz ꝛc.
und zum Theil auch über Weiſſenfels nach,
ließ ihnen weder Raſt, Ruhe, noch Müſſe ſich
zu erholen und wieder zu ſammlen, und ſezte
ſeine Verfolgung bis über Erfurt hinaus
fort, wo die Preußen vom weitern Nach-
jagen abſtunden ; der Herr Obriſtleutnant
brachte 5. Kanonen nebſt andern Siegeszei-
chen und über 800. Gefangne ein ; wir haben daher alle Urſache zu vermuthen, der
König habe ihn um dieſe Zeit zum Oberſten-
und kurz hernach auf dem Zuge nach Schleſien zum Generalmajor der Kavallerie ernennt, um ſeine treflichen Bemühungen und
ſein gutes Verhalten in der Schlacht bey
Roßbach und beym nachhauen zu belohnen.

Der Gewinn dieses Treffens, machte dem
König von Preußen Luft, seinen Hauptfein-
den, denen Oestreichern, welche ihm indessen Schweidnitz, Breßlau und fast ganz
Schlesien weggenommen = und den Herzog
von Bevern bey Breßlau geschlagen hatten,
zu begegnen, und mit Nachdruck auf den
Leib zu gehn. Friedrich gieng mit 18 = 20.
Bataillonen und einigen 30. Schwadronen
seiner Völker, welche noch voll Feur und
Mut vom Siege bey Roßbach waren, nur
wenige Tage nach dieser Schlacht aus Sachsen durch die Lausitz nach Schlesien ab, und
die Schreken seiner Waffen eilten vor ihm
her; Marschall und Haddik hüteten sich
wohl, dem kommenden Sieger zu nahe zu
tretten, und wichen ihm überall aus. Unter
denen Helden, welche den König begleiteten,
war auch der Herr Obrist und nunmehrige
Generalmajor von Lentulus; was sich sein
Monarch für einen vortheilhaften Begriff
von ihm gemacht, und wie viel er auf ihn
gehalten, ist daraus abzunehmen, daß Er

ihm die Anführung derer Garde=du=Corps
und Gendarmen anvertraute ; diese zwey
vortrefliche Haufen kann man mit Recht den
Kern der Preuß. Kavallerie insbesonders-
und die Blume der Europäischen Reiterey
überhaupt , nennen ; der geschloßne Anfall
dieser beyden Korps und des Zieten = jezt
Ebenschen , Husaren = Regiments soll das
wahre procella equestris der Alten seyn.
Der Herr Generalmajor entsprach auch der
guten Meinung des Königs von ihm gänzlich,
und zeigte in der Schlacht bey Leüthen,
was man küuftig noch von ihm erwarten
könne; auch an dieser hatte er so vielen An=
theil, und trug so viel zum Sieg bey, daß
wir nicht umhin können, von solcher etwas
weitläuffig zu reden.

Da die Beverschen Völker, welche nun
der General Zieten fürte , unweit Liegniz
zum König gestoßen waren; so gieng er mit
dem ganzen Heer über Parchwiz und Neu=
mark, woselbst einige 100. Oestreicher über=
rumpelt wurden, gerad auf den Feind los;

Prinz Karl von Lotringen und der Feldmarſchall Daun rükten mit 80000. Mann
aus dem feſten Lager bey Breßlau bis über
Liſſa dem König entgegen, und nahmen eine
vortheilhafte Stellung, deren rechter Flügel
bey Nypern anfieng, und über Frobelwiz
und Leüthen bis gegen Groß = Gohlau am
Schweidnizer = Waſſer fortging, zwiſchen
welch lezterm Ort und dem Dorf Sagſchüz
ihr linken Flügel aufmarſchirte; die Reſerve
und das Nadaſtiſche Korps verſtärkten dieſen
Flügel, wo ſich auch die Bayriſchen und
Würtenbergiſchen Hülfsvölker befanden.
Die Oeſtreichiſchen Feldherren hatten eine
Schlacht zu wagen beſchloſſen, wider den
klugen Rath des erfahrnen Dauns, welcher
ihnen rieth, "dem König, der in die Noth-
„ wendigkeit, eine Schlacht zu liefern = und
„ ſein Glük darauf ankommen zu laſſen, ge-
„ ſezt ſey, auszuweichen, und nicht ihre bis-
„ herigen Eroberungen in einem einzigen
„ Tag aufs Spiel zu ſezen; der König von
„ Preußen ſey jezt am furchtbarſten, und

„ werde das äufferste thun, und wenn es
„ ja geschlagen seyn müßte; so sollten sie
„ doch ihr vortheilhaftes Lager wieder be-
„ ziehen, und den Feind darinn erwarten,
„ damit die ihnen so überlegne Preußische
„ Reiterey nicht so vortheilhaftes Terrän
„ zum agieren habe, weil unter der Oest-
„ reichischen Kavallerie kaum 6000. beritene
„ Leute zu finden wären, ꝛc. „ allein Daun
predigte dißmal tauben Ohren; bloß Nadasti
und noch einige wenige Generale von Ein-
sichten fielen ihm bey; die übrigen alle stimm-
ten, theils aus höfischer Schmeicheley, theils
aus allzugrosser Einbildung von ihrer drey-
mal so starken Macht und unvorsichtiger Ver-
achtung der wenigen Preußen, für die Mey-
nung des Prinzen Karls, welcher mit Gewalt schlagen wollte, und das Preuß. Heer
in seinem Siegestaumel nur die Wachtpa-
rade von Berlin und Potsdam- auch ein
Frühstük nennte, das die Oestreicher bald
aufzehren würden. Die Preußen rükten
am 5ten Dec. früh gegen Borne vor; Zieten

attakirte mit dem Vortrab die auf denen Anhöhen bey diesem Dorf aufmarschirten Sächsischen Dragoner und Oestreichischen Gränz-
völker, welche im 2ten Angriff, als ihnen
der Obristleutnant von Kleist mit 5. Schwadronen Husaren von Szekuli in die rechte
Flanke gekommen war, mit vielem Verlust
auf ihr Hauptheer zurükgeworfen wurden.
Da sich die Preuß. Kolonnen dem Feind genähert hatten; so ließ der König durch einige
Manövers derer Kolonnen links, welche sich
zu deploiiren schienen, den feindl. rechten
Flügel so ernsthaft bedrohen, daß der daselbst
kommandirende General Luchest einmal
übers andre um Verstärkung ansuchte, welche
ihm Daun selbst zuführte; da der König von
Preußen diese Schwächung des feindl. linken
Flügels merkte, auf den seine wahre Absicht
gerichtet war; so schwenkten sich die Teten
aller Kolonnen, und deploiirten rechts, her-
aus gegen Kartschiz und Striegwiz, welches Manöver durch die Anhöhen bey = und
um Lobetinz vortreflich bedekt wurde; der

Preuß.

Preuß. Vortrab von 9. Bataillo**n** dekte
theils die rechte Flanke der Kavallerie, theils
that solcher unter Anführung des General-
Majors von Wedel den Angriff auf einige
Oestreich. Batterien, welche nach und nach
weggenommen wurden. Unser Herr General-Major von Lentulus bekam hier zum
erstenmal die Garde-dü-Corps und Gendarmen zu seiner Brigade aufm rechten Flügel,
den der General Ziethen anführte; diese Kavallerie hatte Anfangs einen harten Stand;
sie gerieth nemlich beym ersten Zusamentref-
fen auf eine Oestreich. Batterie, welche so
stark mit Kartetschen schoß, daß selbige weichen mußte, wobey der General-Major Anton von Krokow von den Dragonern verwundt und gefangen-dem Herrn Generalmajor von Lentulus aber ein Pferd unterm
Leib erschossen wurde; Nadasti wolte mit
seinen leichten Völkern in die weichenden
Schwadronen einbrechen; allein 4. Bataillone Preußischer Grenadiere, welche Friedrich, wie ehmals Cäsar bey Pharsalus sei-

D

ne 6. Kohorten, hinter die erſte Reiter-Linie
geſtellt hatte, feürten mit ſolchem Nachdruk
auf die anprellende Ungariſche Kavallerie,
daß ſolche in Unordnung zurük gieng, und
von der Preußiſchen verfolgt ward, welche
ſodann auch ins Fußvolk einbrach, und viele
Gefangne machte; die Schlacht wurde allge-
meiner, und der Sieg, nach Eroberung des
Hauptpoſtens Leuthen, zum gröſten Vor-
teil derer Preußen entſchieden; der Herr
Generalmajor von Lentulus bekam für ſein
gutes Verhalten im Treffen vom König ein
Geſchenk von etl. 1000. Reichsthalern; ſeine
unterhabende Brigade hatte über 15. Kanonen, einige Fahnen und Standarten, nebſt
einigen 100. Gefangnen — lauter Beweiſe
ihres Wolverhaltens — eingeliefert.

Im Winter wurden noch Breslau und
Liegniz im Frühjahr 1758. aber Schweid-
niz in Preuß. Gewalt gebracht; unſer Herr
Generalmajor hatte bald nach der Leuthner-
Schlacht dieſe leztere Feſtung mit denen 7.
Küraßler-Regimentern Kiau, Drieſen,

Marggraf Friedrich, Prinz von Preußen,
Alt = Krokow, Bredow und Baron Schö-
naich berennt; der König vertraute ihm
auch im Jan. 1758. die Anführung des in
Sachsen stehnden Leib = Küraßier = Regiments an; welches bisher der nunmehr ver-
abschiedete Generalleutnant von Katt gehabt hatte.

König Friedrich gedachte nach Wiederer-
oberung der Festung Schweidniz den Krieg
in Feinds Lande zu versezen; Daun ließ sich
durch verschiedene Blendwerke glaubend machen, daß es Böhmen gelte, woselbst er
die Korps von Kalnoki, Laudon, ec. an der
Gränze = das Hauptheer aber bey Schmürsiz
unweit Königsgräz postiert hatte; allein der
Marsch des Preußischen Heers gieng in 2.
Kolonnen über Neiß und Jägerndorf, und
es rükte am ıten May in Mähren ein; Zu-
folg einer vor mir habenden Schlachtordnung derer Preuß. Völker befand sich der
Herr Generalmajor von Lentulus mit denen
Garde-du-Corps und Gendarmen abermals

aufm rechten Flügel der Reiterey im 1ten
Treffen unter den Befehlen des Generals von
Ziethen. Beym Einmarsch in Mähren war
der Herr Generalmajor bey der ersten Kolonne, welche Feldmarschall Keith führte, und
machte den Nachtrab davon mit 2. Bataillonen Prinz von Preußen Musketier und
200. Pferden von verschiednen Regimentern;
die Preußen paßierten den Morafluß bey
Spachendorf und Hartau, und rükten énd-
lich über Bährn und Sternberg vor Ollmüz, welches von ihnen belagert wurde.

Der Herr Generalmajor von Lentulus
mußte mit denen Garde-dü-Corps (denn
die Gendarmen gehörten zur Abteilung des
Generalleutnants von Forkade,) dem König
folgen, welcher am 11ten May aus dem
Lager zwischen Aschmeriz und Littau aufbrach, und sich auf denen Anhöhen von
Studniz und Starechowiz unweit Prosnik
sezte; da auch der König verhindern wolte,
daß der Oestreichische General Deville von
Prediz aus die Gemeinschaft seines Heers

mit Schlesien unsicher machen könne; so
mußte der Generalleutnant von Seidliz mit
10. Schwadronen Dragoner und 300. Zie-
thenschen Husaren und der Generalmajor
von Lentulus mit dem Grenadier - Bataillon
von Wedel, und 300. Küraßiern nebst vielen
Fouragewagen und Pakpferden über Tobit-
schau, welches durch die Grenadiere besezt
blieb, nach Kremsir marschieren, und in
dieser Gegend, wie auch bey Holeschau und
Prerau herum, alle Fourage und Lebens-
mittel zum Theil verderben - zum Theil aber
auf denen mitgenommenen und andern vom
Land selbst gelieferten Wagen nach Schmirsiz
zum Königlichen Heer schaffen laßen, welches die Belagerung dekte, worauf das ganze
Korps am 17ten May wieder in bemeltem
Lager eintraf. Als zu Anfang des Jul. die
Belagerung von Ollmüz aufgehoben wurde;
so befand sich der Herr Generalmajor von
Lentulus meistens bey dem Korps, welches
der Fürst Moriz von Anhaltdessau anführte; der König wolte den vorteilhaften

Poſten von Königsgräz wegnehmen laſſen, in deſſen Nähe ſich die Oeſtreich. Generale Buccow, Eſterhaſi und Kalnoki mit einigen 1000. Mann leichter Völker und Reiterey geſezt hatten; die Kolonne des Fürſten Moriz gieng durch den Wald von Lotþka nach Schwinary, wo eine Brüke übern Adlerfluß geschlagen, und der in Verſchanzungen aufm Pandurenberg ſtehnde General Buccow vorwerts angegriffen werden ſolte, deſſen Kavallerie am Fuß des Bergs aufmarſchiert = und durch die in denen Gebüſchen poſtierten Kroaten bedekt war; jedoch das Grenadier = Bataillon von Wedel vertrieb leztre durch einige gutangebrachte Kartetſchenſchüſſe; der Generalmajor von Putkammer ſezte mit ſeinen Huſaren = und der Generalmajor von Lentulus mit dem Krokowſchen Dragoner = Regiment durch den Adler, und ſchmiſſen die gegenſeitige Reiterey übern Haufen; General Buccow wolte der Streichen nicht weiters erwarten, und retirierte ſo ſchnell, daß die ihm nachge=

schikte Preußische Reiterey seine Völker nicht
mehr einholen konte. Das Korps des Fürsten Moriz hatte sein Lager jenseits der Elbe
hart vor Königsgräz genommen, wo es sich
wieder mit dem König vereinigte; in der
Schlachtordnung hatte unser Herr Generalmajor seine gewonte Brigade aufm rechten
Flügel der Kavallerie, nahe an Rußek, wo
sich dieser Flügel anlehnte, und Front gegen
die Elbe machte. Zu Anfang des Aug.
gieng der König über Poliz und Nachod
nach Schlesien; die schwere Reiterey unter
Ziethen und Seidliz folgte dem Korps des
Generälleutnants von Forkade, welches mit
dem Gepäk des Heers und denen Brödwa-
gen voraus gegangen war; diese Kavallerie
gieng über Wernersdorf und Wiese nach
Neu = Sorge, von da Seidliz mit 18.
Schwadronen, wobey sich auch die Garde-
dü-Corps und Gendarmen befanden, nach
Gottesberg marschierte; allein sie mußten
bald wieder aufbrechen, und mit dem König, von Landshut, in starken Zügen wi-

der die Russen = und der Mark Branden=
burg zu Hülf eilen. General Fermor hatte
die Festung Küstrin an der Oder bombar=
dirt, und die Stadt selbst in Grund geschos=
sen; das Heer des Generalleutnants Grafen
von Dohna war zu schwach gewesen, für
sich etwas zu unternehmen; König Friedrich
gieng mit 14. Bataillonen und 38. Schwa=
dronen vom Schlesischen Heer ab, und stieß
am 22ten August unweit Küstrin zu demsel=
ben; der Herr Generalmajor von Lentulus
begleitete den Monarchen an der Spize de=
rer Garde=du=Corps und Gendarmen,
und kampierte mit solchen zwischen Gurgast
und Golzow.

Der König von Preußen gieng mit sei=
nem Heer am 23ten August unweit Güste=
biese über die Oder, um Fermorn anzu=
greifen, dessen vortheilhafte Stellung zwi=
schen Quartschen und Wilkersdorf er so
geschikt tournirte, daß er denen Russen am
25ten dieses Monats unversehens im Rüken
stand; die Preußen hatten zwar die gewöhn=

liche Schlachtordnung, ihr Fußvolk in der
Mitte und die Reiterey auf den Flüglen; aber
der König änderte solche, nachdem seine
Völker aus dem Bazlowschen Wald gegen
Wilkersdorf und Zorndorf debouschiert
waren, dahin ab, daß die Küraßiere vom
rechten Flügel, welche General Seidliz anführte, mit denen vom linken Flügel zusa-
menstoßen, und auf lezterm den Angrif des
Fußvolks unterstüzen mußten, neben ihnen
standen die Ziethen- und Malachowskischen
Husaren- und hinter der Kavallerie die Dragoner aufmarschiert. Auf dem rechten Flügel hatte der Generalmajor von Lentulus, nebst denen Garde-dü-Corps und
Gendarmen, auch das Czettriz-nunmehr
Wulfensche Dragoner-Regiment unter seinen Befehlen. Die Rußen hatten wirklich
die Preußischen Grenadiere samt einigen
Bataillonen Infanterie zum weichen gebracht, und ließen sie durch ihre Kavallerie
und das erste Treffen Fußvolk verfolgen,
als General Seidliz mit der Preuß. Reite-

rey in fie einbrach, die Rußifche zurük
warf, und auf das Fußvolk einhieb; die
Preußifchen Küraßiere, welche Seidliz und
Lentulus mit ihrem eignen Beyfpiel auf«
herzhaftefte anführten, richteten ein fchrek=
liches Gemezel unterm Feind an, das noch
dadurch vergröffert wurde, daß die Ziethen»
fchen Hufaren, welche fich mehrere male
durch die Rußifchen Bataillonen durch und
durch hieben, Gelegenheit fanden, die feindl.
Pulferkarren anzuzünden, und in die Luft
zu fprengen; da fich indeffen die Ruffen
immer wieder fezten, und felbft einige An«
fälle auf die Preußen, nicht ohne Erfolg,
thaten, fo wurde das Gefecht immer mör=
drifcher; die Preuß. Kanonen, welche auch
hier der Obrift von Möller dirigierte, mach=
ten ein entfezliches Feür mit Kartetfchen;
nichts deftominder blieben befonders die
Rußifchen Grenadiere Maurenfeft ftehn,
und kämpften wie erzürnte Bären; dennoch
wurden fie endlich von denen Preußen zum
Rükzug gezwungen; die Preuß. Reiterey

war aufm linken Flügel mit dem Feind fertig
worden, schwenkte nunmehr rechts, und
stieß auf die Rußischen Grenadiere, welche
erst nach dem grimmigsten Gefecht konten
bezwungen werden. Man hat noch Abschrif=
ten eines Briefs von unserm Herrn General=
major an seinen Herrn Oheim in Bern,
worinn ihm derselbe einige Tage nach der
Zorndorfer=Schlacht von dem erfochtnen
Sieg Nachricht ertheilt, und zugleich das er=
schrekliche Blutbad beschreibt; der Herr Ge=
neral meldet darinn: „ er habe mit seiner
„ Brigade auf die Rußischen Grenadiere zu
„ Fuß eingehauen, welche sich so verzwei=
„ felt gewehrt, daß er bey 2. Stunden mit
„ ihnen zu thun gehabt; endlich hätten sich
„ seine Reiter blindlings auf die feindlichen
„ Glieder geworfen, seyen eingedrungen,
„ und haben alles niedergehauen, auch 7.
„ Fahnen und 14. Kanonen erbeutet. „ Der
König von Preußen soll folgenden Tags bey
der Tafel dem Herrn Generalmajor von
Lentulus sehr verbindlich zugetrunken und

gesagt haben : „ daß er ihm für den vielen
„ Antheil, den er zum Siege beygetragen,
„ ewig Dank wissen werde; „ Nebst unserm Herrn Generalmajor hatte aber auch
der Generalleutnant von Seidliz und der
brave Rittmeister und Kommandeur derer
Garde = du = Corps — jezige Heßische Generalleutnant — von Wakniz, Wunder der Tapferkeit gethan, und dem Regiment Garde-
du = Corps, an dessen Spize diese drey Helden fochten, war die Entscheidung des Siegs
bey Zorndorf hauptsächlich zu danken.

Am 3ten Sept. gieng der König von
Preußen fast mit denen nemlichen Völkern,
welche er aus Schlesien gegen die Russen ge-
fürt hatte, durch Küstrin nach Sachsen,
und trieb unterwegs in der Lausiz das Lau-
donsche Korps bis Radeberg hinter die
Roeder zurük. Am 14ten Oct. fiel das Treffen bey Hochkirch vor, worinn die Garde-
du = Corps und Gendarmen, unter Anführung des Herrn Generalmajors von Lentulus, ihr äußerstes thaten, um die Oestrei-

her zurükzuschlagen, verschiednemale auf
deren Fußvolk und Reiterey einhieben, und
besonders die Grenadiere zu Fuß sehr übel
zurichteten; der Herr Generalmajor begleitete auch den König zum Entsatz von Neiß
in Schlesien, dessen Belagerung General
Harsch über Kopf und Hals aufhub, und
nach Böhmen zurük gieng.

Wir haben s. o. gemeldet, daß unser
Herr General = Major vom Preußischen Monarchen im Januar 1758 zum Chef des Leib=
Kuraßier Regiments ernannt worden seye;
er hatte aber dasselbe noch nie unter seinen
Befehlen gehabt; denn es stund seit dem vorigen Feldzug immer in Sachsen beym Heer
des Prinzen Heinrichs, welches nach der
Hochkircher = Schlacht durch den Generalleutnant August Friedrich von Izenbliz an-
geführt wurde, weil der Prinz mit einigen
1000. Mann davon zum König geflossen
war; das Regiment Leib = Kuraßiers bezog
auch Ends des 1758. Feldzugs seine Winter-
lager zu Taucha, Wolleniz, Mokau und
in der Leipziger= Vorstadt.

Im Jahr 1759. giengen die Preußen, welche mit so vielen Feinden zugleich fechten mußten, zeitig ins Feld; aufm rechten Flügel des Königl. Heers in Schlesien, welches aus denen Winterlagern in die Kantonnierungen zwischen Jauer und Schweidniz rükte, stand der Herr Generalmajor von Lentulus mit der Brigade derer Königl. Leibwachen zu Pferd; am 27ten Aprill brach er mit solchen, dem Karabinier = Regiment und 2. Bataillonen von Ferdinand Braunschweig, welche 10. schwere Zwölfpfünder bey sich hatten, von Landshut auf, und marschierte nach Neiß, um in Vereinigung mit denen Korps von Seidliz, Ramin, Bülow und Fouque über den aus Böhmen angerükten General Deville herzufallen; dieser aber hütete sich, denen Preußen zu nahe zu kommen, obwol er doch einige Zeit hernach durch die Generale von Golz und Fouque mit vieler Einbuße zurük in Böhmen gejagt wurde; der König von Preußen schikte hierauf die mitgenommene Kavallerie unterm General

Seidliz wieder in die Kantonierungen nach
Frankenstein und Reichenbach zurük, wo
selbige bis zum 19ten May stehn blieb, an
welchem Tage die Garde = dü = Corps und
Gendarmen wieder aufbrachen, und bey
Landshut zum Haupttheere stießen; der Ge=
neralmajor von Lentulus aber blieb mit
denen Küraßier = Regimentern Bredow,
Seidliz und Vasold bey Frankenstein zu=
rük, um gemeinschaftlich mit denen Gene=
ralen von Bülow und Ramin die dortigen
Gegenden wider die Oestreichischen Völker
der Generale von Harsch und Bek zu sichern.

Nach verschiednen Märschen und Kontre=
märschen bezog der König von Preußen ein
Lager bey Kaltvorwerk, um dem Feldmar=
schall Daun, welcher bey Marklißa stand,
näher zu seyn; als auch hierauf der König
aus dem Lager bey Düringsvorwerk den
Herzog Eugen von Würtenberg mit einem
Korps dem General Laudon bis Sagan
entgegen schikte; so mußte der Generalma=
jor von Lentulus mit 10. Schwadronen Kü=

raßier in das von ihm verlaßne Lager bey
Gerichtsſeifen einrüken, und ſolches beſezen.
Der König marſchierte am 1ten Auguſt aus
dem bey Schmottſeifen genommenen Lager
ab, um die Ruſſen zu attakiren, welche
nach dem Treffen bey Palzig und Züllichau
die Mark Brandenburg und Schleſien
ſtark bedrohten; der Herr Generalmajor
von Lentulus aber blieb, nebſt denen
Garde = dü = Corps und Gendarmen, beym
Heer des Prinzen Heinrichs, welches den
Feldmarſchall Daun beobachten ſolte; die
Leib = Küraßiers begleiteten den König auf
dieſem Zug, und ſtanden in der Schlacht
bey Kunnersdorf am 12ten Auguſt nebſt
dem Küraßier = Regiment von Schlabren=
dorf unter der Brigade des Generalmajors
von Schmettau im 1ten Treffen vom rechten
Flügel Reiterey, den der Generalleutnant
von Schorlemmer anführte. Die Preußiſche
Reiterey that zwar ihr möglichſtes zu ſiegen,
und mezelte ganze Rußiſche Bataillonen zu=
ſamen, mußte aber dem heftigen Kartetſch-

, und

und Kanonenfeur weichen, da besonders der
General Laudon mit dem Kern seiner aus-
geruhten Oestreichischen Kavallerie derselben in die Flanke gefallen war, und litt starken Verlurst. Beym Rückzug wurden zwey
Schwadronen vom Leib-Küraßier-Regi-
ment durch eine überlegne feindl. Kavallerie
umringt, und davon der Obristleutnant
Friedrich Siegmund von Biedersee mit
einigen andern Offiziern und vielen Gemeinen zu Kriegsgefangnen gemacht; der Rest
schlug sich durch; die Rußischen Berichte, son-
derlich derjenige, welchen Feldmarschall Sol-
tikow an die Kayserin über diese Schlacht
einsandte, meldeten zwar: gedachter Obristleutnant wäre mit seinen beiden Schwadronen bloß durch die Tschugujewschen Kosaken gefangen-und der Rest gänzlich aufgerie-
ben worden; diß ist jedoch übertrieben-oder
wenigstens schwer zu glauben, weil man nie
gehört hat, daß sich Preußische Küraßiere
an solche unreglierte leichte Völker, wie die
Kosaken waren, ergeben hätten.

E

Während und nach der Schlacht bey Kun=
nersdorf, da der König von Preußen das
Rußische Heer zum Rükzug nach Polen nö=
tigte, blieb Prinz Heinrich nicht müßig,
und begünstigte, ungeachtet er einige Wo=
chen lang keine Gemeinschaft mit dem König
haben konte, dennoch dessen Unternehmun=
gen aufs kräftigste; Nach des Königs Ab=
marsch gegen die Russen war der Prinz bey
Schmottseifen stehn geblieben, und beob=
achtete den Feldmarschall Daun aufs ge=
nauste; auch sicherte er das Schlesische Ge=
bürge wider die feindlichen leichten Völker,
und that so geschikte Wendungen und schnelle
Märsche um das ihm so sehr überlegne Oest=
reichische Heer herum, daß er demselben
mehr als einmal im Rüken oder in der Flanke
stand, und da sich Daun vor einem Marsch=
Angrif immer am meisten fürchtete, so zog
er sich bis gegen Böhmen zurük, und ließ
Friedland, worinn sich ein starkes Magazin
unter Bedekung von 700. Kroaten befand,
verloren gehn; Prinz Heinrich tournirte

den Feldmarschall Daun abermals, und
gieng gegen Hoyerswerda; Unser Herr
Generalmajor führte den Vortrab, welchen
die rothen Husaren des Obristen Otto Ernst
von Gersdorf und einige Schwadronen
Dragoner ausmachten; Er solte das Städtchen Hoyerswerda an der Elster besezen,
erfuhr aber zu Loße durch seine Patrullen,
daß der Oestreichische General von Wehla
mit 3=4000. Mann Ungarischer Infanterie
in dortiger Gegend stünde; er blieb daher in
einem Gehölze verdekt stehn, und ließ dieses
dem Prinzen Heinrich melden, welcher denn
seinen Marsch beschleunigte, und den Vortrab verstärken = auch ein Korps Kavallerie
durch die Elster gehn und denen Wehlaschen
Völkern den Rükzug abschneiden ließ. Hoyerswerda wurde mit ein paar Bataillonen
besezt, und neben diesem Städtchen, jenseits
der Elster, eine Batterie aufgepflanzt; der
Prinz ließ alsdenn das mit Kroaten besezte
Schüzenhaus bey Hoyerswerda durch Frey-
willige und Grenadiers wegnehmen; der

Oestreichische General wolte sich in den
Wald zurükziehn ; allein die Generalmajore
von Lentulus und Krokow giengen ihm mit
1. Küraßier = und 2. Dragoner = Regimentern
und der Obrist von Gersdorf mit seinen Husaren von daher so heftig zu Leib , daß sich
Wehla selbst mit 25. Offizieren und 1500.
Gemeinen zu Kriegsgefangnen ergeben mußte ; etwann 1000. Kroaten blieben aufm
Plaz, oder wurden im verfolgen niedergehauen, und der Rest zersprengt, wobey denen Preußen, welche nicht über 70. Mann
verloren hatten, das feindliche Lager und
Gepäk , samt 3. Feldstüken, in die Hände fiel.

Da, nach der Vereinigung des Prinzen
Heinrichs mit dem König, die Preußen bis
gegen Dresden vorgerükt waren ; so kam
der Herr Generalmajor von Lentulus wieder
an die Spize derer. Garde = du = Corps und
Gendarmen, wo wir ihn im Plan einer
Schlachtordnung des Königlichen Heers von
Anfang des J. 1760. finden ; gleich hernach
kam diese Brigade zum Hülsenschen Korps,

und wurde in denen Dörfern Siebenlehn,
Rosenthal, ꝛc. in die Winterquartiere ver=
legt; als aber der König am 26ten Aprills
von Wilsdruf aufbrach, und nach Meißen
marschirte, so stieß das Hülsensche Korps
zu ihm, und die Brigade der Königl. Leib=
wache zu Pferde kam wieder ins erste Tref=
fen aufm rechten Flügel zu stehen, wo sie ihre
Quartiere in Leutewiz, Maune, Graub=
zig, Ziegenhain ꝛc. bezog, bis der König
wieder aufbrach, um den Feldmarschall
Daun von Dresden wegzulocken. Im
Jul. marschirte er nach der Lausiz, und am
1sten dieses Monats standen die Königl. Völ=
ker im Lager bey Lampersdorf, wo der Ge=
neralmajor von Lentulus mit denen Gar=
deducorps und Gendarmen den gewohn=
ten Posten hatte; auch wohnte, so viel wir
wissen, unser Herr Generalmajor der Bela=
gerung von Dresden bey. Im Anfang
des Augusts gieng unser Herr Generalma=
jor von Lentulus mit denen Völkern, welche
Prinz Heinrich und der Generallieutenant

E 3

Karl Chriſtoff von der Golz anführten;
gegen die Ruſſen zu Feld; dieſe drangen
zwar in Schleſien ein, wurden aber ſowol
als die Oeſterreicher unterm General Laudon, durch die meiſterhaften Märſche und
Manövres des Prinzen an Belagerung und
Eroberung von Breslau verhindert; indeſſen iſt uns unbekannt, was für Reiterregi-
menter zur Brigade des Herrn Generalmajors gehört haben? ſoviel aber wiſſen wir,
daß in ſeiner Abweſenheit der Obriſt Graf
von Schwerin die Brigade derer Gardeducorps und Gendarmen erhielt, welche
zwar dem Treffen bey Parchwiz am 1ſten
Auguſt beywohnten, aber ſo wenig als der
übrige rechte Flügel zum ſchlagen kamen.
Gewiß waltete die Vorſicht über unſern
Herrn Generalmajor, daß er in dieſem Feldzug nicht, wie ſonſt, an der Spitze dieſer
Brigade focht; denn wie leicht hätte ihm
ſelbſt dasjenige begegnen können, was dem
Oberſten von Schwerin wiederfuhr! welcher am 3ten Nov. gleichen Jahrs in der

Schlacht bey Torgau mit denen Garde-du-
corps und Gendarmen bey der Abtheilung des Generals von Ziethen stand, sich
aber, ehe noch die Schlacht geendigt war,
in der Dunkelheit von seinen Leuten ver-
irrte, zur österreichischen Kavallerie kam,
welche er, wegen Aehnlichkeit der Uniform,
für Preußen hielt, und ehe er seinen Irr-
thum merkte, vom Feind gefangen wurde.

Im J. 1761. zog der König von Preußen
den größten Theil derer Prinz Heinrichschen
Völker an sich, um der vereinigten Macht
derer Generale Butturlin und Laudon de-
stobesser widerstehen zu können. Der Herr
General Lentulus kam hier wieder zum
königl. Heer, und hatte anfangs eine Zeitlang die Dragoner-Regimenter Zettriz und
Finkenstein zu seiner Abtheilung, mit denen er sich am 1sten August bey Kloster-
wahlstadt unweit Liegniz auszeichnete. Die
Russen und Oesterreicher suchten nemlich
ihre Vereinigung zu bewirken, und der König von Preußen wollte solche hintertrei-

ben. Er erfuhr an diesem Tage, daß Laudon an der Spitze seiner Grenadieren zu Fuß
und zu Pferd und andrer auserlesenen Reiterey voranmarschiren = und zu den Russen
stoßen würde, welche unweit Klosterwahl-
stadt verschiedene Batterien schweren Ge-
schützes aufgepflanzt hatten. Der König ließ
hierauf den Generalmajor von Lentulus
mit einem Theil seines Vorderzugs, nemlich
denen obbemeldten 2 Regimentern, in einen
Wald ins Verstek postiren, wo die Oesterreicher unumgänglich durch den unten dran
gelegenen Hohlweg paßiren mußten. Die
preußl. Artillerie wurde an vortheilhafte
Orte gebracht, und die Husaren blänkerten,
und jagten sich mit denen feindlichen leichten Völkern herum; sobald die ersten Oestreichischen Schwadronen den engen Weg paßirt
hatten, so stürzte der Herr Generalmajor
von Lentulus an der Spitze derer Preußischen Dragoner hervor, und mitten in die
Oestreich. Kavallerie hinein, welche sich
wegen dem unbequemen Ort weder formi-

ren noch stellen konnte, schmiß solche übern
Haufen, und nahm derselben verschiedene
Offiziere und über 300 Gemeine an Kriegsgefangnen ab; nur die 10 ersten Schwadronen Oesterreicher kamen zum Rußischen
Heer; die übrige Reiterey mußte in Unordnung, nebst denen Grenadieren zu Fuß,
wieder dahin zurükziehn, woher sie gekommen war; doch lief es bey denen Preußen
auch nicht ohne allen Verlurst ab, denn unter einem entsezlichen Feuer der Ruß.
Batterien, giengen ganze Schwärme Kosacken
und andere feindliche Reiterey auf bemeldte
Dragoner-Regimenter los. Der Herr Generalmajor mußte seine größte Geschiklich-
keit anwenden, um nicht von jenen umringt
zu werden, und zog sich unter Begünstigung
des gleichfalls sehr heftigen Preuß. Ka-
nonfeuers zum Heere zurük, wobey das
Finkensteinsche Regiment einige Mannschaft
und Pferde einbüßte. Da endlich der König die Vereinigung beyder feindlichen Heere
nicht mehr hindern konnte, so nahm er bey

Schweidniz zwischen Würben und Jauer-
nik mit 50. Bataillonen, und 80. Schwadronen eine so vortheilhafte Stellung, daß
ihn Laudon und Butturlin mit ihren
130000. Mann nicht angreifen durften; auch
in diesem Lager hatte der Herr Generalmajor von Lentulus den rechten Flügel der
Reiterey im ersten Treffen mit 3. Schwadronen Gardeducorps und 5. Schwadronen Gendarmen; da es aber zu keiner
Schlacht kam, so wurden die Preuß.
Völker, nachdem Schweidniz verlohren gegangen, zunächst um Breslau herum, und
gegen Neiß hinauf in die Winterquartiere
verlegt. Der König von Preußen zog eine
Kette von Postirungen längs der Lohe,
oder dem Schweidnitzer Wasser, wozu meistens Freybattaillone, Husaren und Dragoner, samt einigen Grenadieren, gebraucht
wurden; die Kavallerie, aus welcher diese
Posten formirt waren, bestund, wenn wir

aus dem Nachfolgenden schließen können, in
Husaren von Gersdorf, Ziethen, Möhring und Malachowski, in Dragonern von
Zettriz, Finkenstein und Pomeiske und
in Küraßieren vom Regiment Marggraf
Friedrich; Ueber diese sämmtlichen Postirungen hatte der König unserm Herrn Generalmajor den Befehl aufgetragen, welchem
er so gut entsprach, daß Breslau gedekt
und denen Oestreichern mancher Abbruch
gethan wurde.

Da im Frühjahr 1762. durch die Aus-
söhnung und Vereinigung Rußlands mit
Preußen die Sachen eine andre Gestalt
bekamen, so traf der König von Preußen
die besten Maaßregeln, denen Oestreichern
nachdrüklichst zu Leibe zu gehn, er zog
seine Völker im Anfang des Jun. zusam-
men; unser Herr Generalmajor stand um
die Mitte dieses Monats mit denen Regimentern von Marggraf Friedrich Küraßier,

Zettriz Dragoner, Ziethen und Malachowski Husaren zu Magniz, wohin auch
das 3te Bataillon Musketier von Anhalt-
Bernburg kamen; zunächst bey seinem
Quartier standen die beyden ersten Bataillone dieses Regiments, 2. Battaillone von
Tabben, das Freygrenadier- und Husaren-
corps des Obristwachtmeisters von Schony,
und das Küraßier-Regiment von Seibliz,
meistens unter Anführung des Generalmajors Prinz Franz Adolf von Anhalt-
Bernburg-Schaumburg, in denen Dörfern Zaumgarten und Koberwiz. Der
Herr Generalmajor kam gleich hierauf zum
Heere, welches der Herzog von Bevern
und Generalleutnant von Werner in Ober-
schlesien befehligten, und am 29sten Jun.
zu Neukirch, am 2ten Jul. aber bey Troppau stand. Der Generalmajor von Lentulus hatte die ganze Reiterey dieses Corps
d'Armee unter seiner Anführung; diese be-

stund in denen Dragoner-Regimentern von
Pomeiske, Flans und alt-Platen, wie
auch denen braunen Werner- Samogy-und
Möhringschen Husaren; in der Schlachtordnung selbst aber hatte der Herr Generalmajor das im ersten Treffen des rechten Flügels stehende Platensche Dragoner-Regiment und auf dessen Flanke die Husaren
von Möhring zur Brigade. Da der Herzog von-Bevern und General Werner vom
König aus Ober-Schlesien zurükkomman-
dirt wurden, so brach jener am 22sten Jul.
von Troppau auf, gieng über Katscher,
Kosel und Friedland, und stieß unweit dem
lezten Ort zum König, welcher Schweidniz
hatte einschließen lassen, und sich zu Deckung
dieser Belagerung bey Peterswalde, die
durch einige Regimenter verstärkte Bevernsche Abtheilung aber bey Peile postirte.
Der Herr Generalmajor bekam abermals
die 25. Schwadronen Reiterey des Bevern-

ſchen Heers unter ſeinen Befehl, nemlich
die Dragoner-Regimenter von Flans, Würtenberg und alt-Platen, zuſammen 15.
und die Möhringſchen Huſaren 10. Schwadronen ſtark.

Der Herzog von Bevern hatte kaum
7. Tage auf dem Poſten von Peile geſtanden,
als Feldmarſchall Daun, welcher Schweidnitz entſetzen wollte, ihn zu vertreiben beſchloß; hiezu beſtimmte derſelbe das ganze
Bekſche Korps, nebſt allen Karabiniern und
Grenadieren ſeines Heers, welche Laſcy und
Odonel mit dem Kern der übrigen Oeſtreichiſchen Völker unter ſeiner eignen Anweiſung
unterſtützten ; er forzierte den mit denen
Hordtſchen Freycompagnien beſezten Poſten
und die Holwege von Langen-Biela, und
debouſchierte in verſchiedenen Kolonnen gegen
die aufm Fiſchberg ſtehenden Beverſchen
Völker; die äußerſte derer beiden Oeſtreich.
Kolonnen beſtand aus Kavallerie, formierte
ſich in der Ebne von Nieder-Biela, dekte

den linken Flügel des angreifenden Heers, und wurde durch die Feldherrn Odonel und Lascy befehligt, welch lezterer gedachten Flügel dirigierte; diese Reiterey machte 10. Regimenter aus, und sollte das Bevernsche Heer, wo möglich, auf seiner rechten Flanke tournieren, und ihm die Gemeinschaft mit dem Königlichen abschneiden; der Herzog von Bevern ließ aber die beiden Dragoner-Regimenter von Flans und Würtenberg nebst 3. Schwadronen Möhringscher Husaren, welche der Obristwachtmeister Anton Teufel von Zeühlenberg führte, unter den Befehlen des Generalmajors von Lentulus auf seinen rechten Flügel und = denen Oestreichern entgegen rüken; der Herr Generalmajor machte mit dieser wenigen Kavallerie mehrere so gut abgepaßte Manövers und Angriffe; daß er die so sehr überlegne feindliche in Ehrfurcht erhielt, wobey ihn der, von Reichenbach heranmarschierte, Major des Wernerschen Husarenregiments Karl Chri-

ſtof von Owſtien mit 700. Pferden beſtens
unterſtüzte ; der Herr Generalmajor behaup-
tete auch ſeinen Poſten ſolang , daß der König mit 10. Bataillonen und Herzog Eugen
von Würtenberg mit 30. Schwadronen von
Schweidniz her zu Hülfe eilen konnten ; lezterer ließ verſchiedne Kanonen von der reitenden Artillerie auf einer vortheilhaften Anhöhe
auffahren , welche die Oeſtreich. Kavallerie
mit ſehr guter Würkung beſchoſſen , und den
Angriff begünſtigten, den der Obriſt und Kommandeur des ſchwarzen Huſarenregiments
Daniel Friedrich von Loſſow , mit denen
Wernerſchen braunen Huſaren und dem
Dragoner-Regiment von Zettriz auf dieſelbe
machte; dieſer brave Offizier faßte die gegenſeitige Reiterey in der Flanke , und ſchmiß
ſolche , da er durch die ſchwere Kavallerie
und die vom Generalmajor von Lentulus
geführten Dragoner und Huſaren unterſtüzt
wurde, gänzlich übern Haufen , und in die

Holwege

Holwege von Nieder-Biela zurük; General
Lasey lief Gefahr von denen Preußen nunmehr in Flanke und Rüken attakiert zu werden, und ließ daher sein Fußvolk, so gut er
konte, abmarschieren; auch das Bekfche
Korps, welches dem Bevernschen Heer ganz
im Rüken herumgezogen war, gieng eiligst
zurük, um sich nicht ebenfalls denen Angrif-
fen der Königl. Völker in die Flanke bloß zu
stellen; die Oestreicher wurden durchs Ka-
nonfeur auf ihrem Rükzug begleitet, und der
König verfolgte sie selbst über Habendorf
und Quikendorf; da indeffen der Generalmajor von Lentulus ihnen mit einigen Bos-
niaken und verschiednen Schwadronen brau-
ner und weißer Husaren, wie auch Dragonern, über Dittmannsdorf und Olbers-
dorf bis Fahren unweit Frankenstein nach-
jagte. In diesem Treffen, deffen Gewink
gutenteils der schönen Anordnung und dem
Wolverhalten unsers Herrn Generalmajors
zuzuschreiben ist, sollen die Preußen 7.
Standarten und mehr als 1200. Gefangene,

worunter, wie es hieß, nebst 8. Offizieren, der dapfre Obrist und Kommandeur Anhalt-zerbstschen Küraßier - Regiments Franz von Laßgalner gewesen, bekommen haben; hie-bey müssen wir die Anmerkung machen, daß uns die in einem gewissen Werk vorkom-mende Beobachtung, worinn sehr wahr-scheinlich das Reichenbacher - Treffen ge-meint wird: daß nemlich bey vorbemeltem Stoß der beidseitigen Kavallerie einige 100. Mann verwundt- und viele gefangen wor-den, aber keine Todte aufm Plaz geblieben seyen, ziemlich ungegründt vorkommt; denn im Preuß. sowol als Oestreich. Bericht über dasselbe, findt man ausdrüklich, daß zu bei-den Theilen Reiter, Dragoner und Husa-ren umkommen sind.

Das Treffen bey Peile war der lezte wich-tige Auftritt des 7. jährigen Kriegs, dem unser Herr Generalmajor beywonte; Ein Theil des Königl. Heers gieng, nach Erobe-rung von Schweidnitz, unter Anführung des Königs gegen die Lausiz und Sachsen,

wohin auch eine ansehnliche Verstärkung
von denen Daunischen Völkern geeilt war;
wenn wir uns nicht irren, so begleitete der
Generalmajor von Lentulus den König nach
Sachsen, wo es aber zu keinen weitern
Thätlichkeiten kam, da im Febr. 1763. der
Hubertsburgerfriede geschlossen wurde. Da
der unbesiegte König den 30sten Merz seinen
siegreichen Einzug zu Berlin hielt, so war
die ganze Stadt so schön erleuchtet, daß Er,
indessen Wagen der Herzog Ferdinand von
Braunschweig und unser Herr Generalmajor von Lentulus sich befanden, solche selbst
in Augenschein nahm. Dieser leztre hatte
nur wenige Zeit bey seinem Regiment Leib-
Küraßier, welches zu Schönebek im Magdeburgischen liegt, sich aufzuhalten; denn
schon im Jul. gleichen Jahrs erhielt er vom
König Befehl, nebst dem Generalleutnant
von Seidliz und dem gelehrten d'Alembert
in Potsdam zu seyn, und dem Monarchen
Gesellschaft zu leisten. Ends-August gieng
der König mit dem Prinz von Preußen und

denen Generalen von Seidliz und Lentulus
nach Berlin, wo er dem Oeſtreich. Geſandten Feldmarſchalleutnant von Ried, die erſte
Audienz gab, und am 27ſten Sept. begleitete er, nebſt gedachtem Generalleutnant von
Seidliz und andern Staabsoffizieren den
König wieder von da nach Berlin, als derſelbe dem an die Stelle des Herrn von Ahle-
feld gekommnen Däniſchen Geſandten von
Diede zum Fürſtenberg die Antritts-Ver-
hör ertheilte. Im Jun. 1764. hielt der König über die bey Pizpuhl verſammelten
Völker, worunter ſich auch das Leib-Küra-
ſierregiment befand, eine Muſtrung, und
während ſeinem Aufenthalt zu Magdeburg
war der Generalmajor von Lentulus meiſtens um ihn. Im Sommer des J. 1765.
ware der Herr Generalmajor in dem bey
Körbeliz unweit bemeltem Magdeburg gehaltnen Lager, worinn ſich die gleichen Ka-
vallerie-und Infanterie-Regimenter befanden, immer um des Königs Perſon, und
genoß beſtändig ſehr viele Gnade von ihm;

da im Jul. gleichen Jahrs die Vermälung
des damaligen Kronprinzen Friedrich Wil=
helms mit seiner Base, der Prinzeßin Eli=
sabet Christine Ulrike von Braunschweig=
Wolfenbüttel, zu Berlin gefeiert war, so
machten der Generalleutnant von Wylich
und der Generalmajor von Lentulus an der
Königlichen Tafel, woselbst alles in gold=
nen Geschirren zugerichtet = und aufgetragen
wurde, die Wirthe und die Aufwart.

Seit seiner Berufung in Königl. Preuß.
Kriegsdienste im J. 1746. also seit ganzen 20.
Jahren, hatte der Herr Generalmajor von
Lentulus die Schweiz und seine Vaterstadt
Bern nicht mehr gesehn; der Dienst, wo=
rinn er stand, ware so wichtig, und, beson=
ders im siebenjährigen Krieg, seine Gegen=
wart so nöthig, daß an keine Beurlaubung
gedacht werden konte; Nun aber bekam der
Herr Generalmajor Anlaß, den König für
einen Semester zu ersuchen; denn im Jul.
1766. verstarb zu Bern seines Vaters Bru=
der, welcher eine der vornehmsten Stellen

F 3

im tägl. Rath bekleidet hatte ; derselbe hin-
terließ eine beträchtliche Erbschaft, aber keine
Kinder, und unser Herr General = Major
ware, samt noch einem andern Bruders-
sohn, Herrn Joseph Scipio Lentulus,
nunm. des großen Raths zu Bern und reg.
Landvogt zu Vivis, einem Sohn Hrn. Jo-
sephs von Lentulus, der als Oestreichischer
Dragoner = Major den Abschied genommen,
und unsers Herrn Generals Vaters Bruders-
Sohn, zum Haupterben der ganzen Verlassen-
schaft ernennt worden; der König gestattete
daher dem Herrn Generalmajor von Lentulus eine Frist von 6. Monaten, sich in
Bern umzusehn, und seine Erbschaft zu be-
richtigen ; Er reißte also im Febr. 1767.
nach der Schweiz ab, und traf, wo sich
der Verf. nicht irrt, im Anfang Merzens zu
Bern ein; da sein erworbner Kriegsruhm
in der Vaterstadt bekannt war, und man in
seine militärischen Talente das größte Ver-
trauen sezen konte; so ersuchte ihn der große
Rath; nach und nach die verschiednen Sam-

melpläze derer Infanterie-und Dragoner-
Regimenter, wie auch der Artillerie, zu besuchen, und solche in Waffen zu üben; die
Bemühungen des Herrn Generalmajors waren von so guten Folgen, daß besonders die
Artillerie, welche bey allen Gelegenheiten
vollkommen gut manövrierte, ein vorzügli-
ches Lob erhielt; Man war nicht unerkennt-
lich gegen die Dienste des Herrn Generalmajors von Lentulus, und überreichte ihm
im Namen des Stands eine große goldne
Schaumünze an einer wol gearbeiteten Kette
von gleichem Metall, welches zusamen mehrere 100. Dukaten werth war, zum Zeichen
ausnemender Zufriedenheit, und er erhielt
noch dazu in einer goldnen Schachtel das Pa-
tent eines Generalleutnants über samtliche
Kriegsvölker des Kantons, welche Ehren-
stelle zwar auch der Holländische Generalleutnant und Kommandeur der Schweizer-
garde im Haag, Friedrich von May, be-
kleidete. Da der Herr Generalleutnant von
Lentulus in Bern seine Sachen berichtigt

hatte, so verreißte er bey Auslauf seines
Semesters, wieder nach Magdeburg und
Potsdam, woselbst er dem König von Preus-
sen seine Aufwart machte, und im August
bey dem unweit Weghof und Floriansdorf
in Schlesien gehaltnen großen Lustlager einzig zum Generalleutnant der Preußischen
Reiterey ernannt wurde; die übrigen 7.
Generalmajors, welche nebst ihm avanziert
worden, waren alle vom Fußvolk, nemlich
die Herren von Buddenbrok, Braun,
Queis, 2. von Stutterheim, Ramin und
Putkammer.

Am 29sten Sept. bemeldten Jahrs hatte
der Herr Generalleutnant von Lentulus die
Ehre, Namens des Königs von Preußen,
von welchem er dazu besondern Auftrag und
ein prächtiges Begleit erhielt, den Prinz von
Oranien, der zu Vollziehung seiner Vermälung mit der Prinzeßin Friderike Wilhelmine von Preußen, Tochter des in
1758. verstorbnen Prinzen August Wilhelm, ältesten Bruders des Königs, nach

Berlin reifete, zu empfangen, und zu begleiten; der Herr Generalleutnant empfieng
den Prinzen zu Magdeburg, wo er über
Braunschweig anlangte, unter einer zahl-
reichen Versammlung des vornehmften Adels
und derer Stabsoffiziere fämtlicher in Magdeburg liegenden Regimenter, an deren Spize
fich der Generalmajor Friedrich Chriftoph
von Saldern, als Kommandant der Fe-
ftung, befand. Der Herr Generalleutnant
begleitete folgenden Morgens den Prinzen
über Brandenburg nach Berlin, und
wurde von demfelben bey feiner Abreife nach
Holland mit einer prächtigen goldnen mit
Brillanten und des Erb-Statthalters Bild-
niß gezierten Schnupftabakdofe befchenkt.

Da die in dem, denen Königen von
Preußen feit 1707. zugehörigen Fürstentum
Neuenburg fchon feit mehrern Jahren dau-
renden Unruhen immer zunahmen, und die
Neuenburger wegen verfchiednen Punkten,
worinn fie Recht zu haben vermeinten, mit
ihrem Landesherrn fogar einen Rechtshan-

del angefangen hatten; so fand der König
von Preußen für gut, unsern Herrn Generalleutnant von Lentulus abermals nach
Bern zu schiken, um mit dem Regierungs=
rath Freyherrn von Derschau, welcher in
des Königs Namen daselbst erschienen war,
die Sache aufs nachdrüklichste zu betreiben;
Schon im Decemb. 1767. und Jan. 1768.
ware vor dem Souveränen Rath zu Bern,
welcher zwischen dem Prinzen und der Stadt
von Alters her Schiedsrichter ist, ein Urteil
zu Gunsten des Fürsten wider die Stadt
Neuenburg ergangen; da aber die Neuen=
burger Mine machten, die Vollziehung des=
selben auf die lange Bank zu schieben; so
traf der Stand Bern sehr ernsthafte Anstal=
ten, die Starrköpfe zu brechen; zu welchem
Ende 8=9000. Mann Infanterie nebst mehr
als 50. Kanonen, Mörsern und Haubizen;
ohne die Bataillons=Stüke, wie auch ein
Regiment Dragoner und einiger Kompag=
nien Scharfschüzen fertig gehalten wurden;
der Generalleutnant von Lentulus, welcher

gleich nach dem Neujahr 1768. zu Bern an-
gelangt war, solte diese Völker ins Feld
führen; Zu mehrerer Vorsorg hatte man
würklich den Paß und die Brüke übern Zihl-
fluß, der das Neuenburgische vom Berngebiet scheidet, mit 100. Berner-Grena-
dieren besezen lassen; obwol nun die Neuenburger rathsam gefunden hatten, sich dem
Rechtsspruch von Bern zu unterwerfen; so
gab doch die am 25sten Aprill geschehne Er-
mordung des Königl. General-Advokaten
Gaudot, welcher den Prozeß gegen die
Stadt gewonnen-und sich dadurch den Haß
seiner Mitbürger zugezogen hatte, neuen Anlaß zu Bewegungen; die Neuenburger hatten zwar alsbald Gesandte nach Bern geschikt, um sich deßwegen zu entschuldigen;
diese wurden aber vom Pöbel beschimpft,
und übrigens mit schlechtem Trost entlassen;
der Baron von Derschau ersuchte hierauf die
Kantone Bern, Luzern, Freyburg und
Solothurn im Namen des Königs um Zu-
zug; wozu jeder derselben 150. Mann be-

stimmte , welche Neuenburg bis zu Beyle-
gung aller Streitigkeiten besezen solten ; damit aber diese Völker auf ihrem Marsch
durchs Neuenburgische keinen Anstoß finden
möchten , und um die übelgesinnten zu schreken , ließ die Regierung von Bern 1400.
Mann Infanterie nebst einiger Kavallerie
und vielem Geschüz , unter den Befehlen des
Generalleutnants von Lentulus , zu Ins ,
einem Dorf unweit der Gränze , postieren ,
wo solche die Völker der 4. Kantone von
Bern her, erwarteten ; kurz vor ihrer An-
kunft ließ der Herr Generalleutnant sein
Korps links ab gegen die Zihlbrüke marschieren , und durch die Infanterie einige
disseits gelegne Anhöhen besezen , auf denen
einige Batterien mit schweren Kanonen ge-
pflanzt wurden , um die Brüke , das Dorf
und das jenseitige Ufer gänzlich zu bestrei-
chen ; hinter denen Bataillonen standen die
Dragoner etwas verdekt zur Reserve aufmarschiert ; nachdem alle diese Vorsichtsan-
stalten zur Dekung des Uebergangs getrof-

fen, und die Flanken hinlänglich gesichert
waren; so langten die Völker derer Kantone
an; den Vortrab machte ein Detaschement
Dragoner, und weil man denen Neuen-
burgern nicht recht traute; so wurde durchgehends die Straffe wol rekognosziert = und
durch verschiedene Vor = und Seiten = Patrullen rechts und links alles genau abgesucht,
die Brüke aber und der Zugang zum Dorfe
besezt; der Uebergang lief jedoch ganz ruhig
ab, und die Völker derer vier Kantone rükten gleichen Tags, den 20sten May, ohne
Widerstand in die Stadt Neuenburg ein;
der Herr Generalleutnant von Lentulus
wohnte hierauf im Namen des Königs denen
zu Murten angestellten Zusamenkünften der
Gesandten oftbemelter Kantone bey, und
verblieb bis Ausgangs des Sommers zu
Bern; am 27sten August aber hielt er als
Statthalter von Neuenburg, dessen Stelle
bisher der Herr von Mitchel versehn hatte,
den Einzug in diese Stadt, welche, nach
Berichtigung aller Streitigkeiten, durch die

Befazung derer Kantone war geräumt worden; der Herr General wurde mit vielem
Gepräng eingeholt, hielt sich aber nicht mehr
lang in der Schweiz auf, sondern verreißte
noch vorm Ende des Jahrs wieder nach dem
Brandenburgischen, und legte dem König
von seinen Verrichtungen genauen Bericht
ab; verfügte sich aber bald wieder zu seinem
Regiment, welches die Standquartiere in
Schönebek unweit Magdeburg hat, und
hielt sich meistens daselbst - oder auf seiner
Herrschaft Redekin im Magdeburgischen
auf, welche er schon in 1763. mit Vorwissen
des Königs erkauft hatte. Im Jun. 1769.
führte der Herr Generalleutnant das Leib-
Küraßier - Regiment nach Pizpuhl, woselbst der König solches mit verschiednen andern Infanterie- und Kavallerie - Regimentern einige Tage lang manövrieren ließ; auf
der Rükkehr von seiner nach Braunschweig
und Antonettenruh gethanen Reise kam der
König ungefehr am 10ten Jun. über Magdeburg, nach Schönebek, und nahm die

Mittagsmalzeit bey unserm Herrn Generalleutnant von Lentulus ein; da der König
bald hierauf im August nach Schlesien ab-
reißte, wo er in Neiß eine Zusamenkunft
mit dem Kaiser Joseph II. veranstaltet hatte;
so ware der Herr von Lentulus der einzige
Generaloffizier den er, aussert denen Prinzen vom Geblüt, mit sich dahin nahm; der
König von Preußen empfieng den Kayser,
welcher das incognito angenommen hatte,
und unterm Namen eines Grafen von Fal-
kenstein reißte, am 25sten August zu Mittag
in der Bischöflichen Residenz zu Neiß aufs
freundschaftlichste; beyde Monarchen stellten
einander ihre Begleitung von Prinzen vom
Geblüt, Generalen und hohen Stabsoffizieren
vor; unter denen Preußischer Seits, nebst
dem Kronprinzen, dem Prinzen Heinrich
und Marggrafen von Brandenburg - An-
spach, die Generale von Lentulus, Tauenzien, die Obristen von Anhalt, Rosiere
und Lengefeld „ in des Kaysers Begleit aber
der Herzog Albert von Sachsen - Teschen,

Feldmarschall Graf von Lascy, die Generale von Laudon, Miltiz, Ayasas und
Rostiz und der Obristleutnant von Ren-
ner sich befanden. Der wakre und um Preuß-
sen wolverdiente General der Kavallerie
Freyherr von Seidliz hatte vom König Befehl erhalten, sein Küraßierregiment, welches in- und bey Ohlau in Nieder-Schlesien
verlegt ist, und sonst immer bey Breslau
gemustert wurde, nach Neiß zu führen; denn
der Kayser, welcher sowol den Kriegsruhm
des Generals von Seidliz-als des Regiments selbst, das eines der besten, und fast
das schönste unterm Preuß. Heer gewesen seyn
soll, sehr gut kannte, hatte sich dieses vom
König von Preußen ausgebetten; Aussert
dem Seidlizschen Küraßier-Regiment welches, so wie sein grosser Anführer, sogar
die Erwartung des Kaysers übertraf, und
von ihm ganz besonders betrachtet-und ge-
rühmt wurde, waren bey diesem Lustlager
noch die im Preuß. Ober-Schlesien verleg-
ten Regimenter nemlich Schmettau und
Spaen

Spaen Küraßier- Krokow Dragoner-Tres-
low, Bredow, Pionnier und andre zusa-
mengezogen worden; Schon am 28ten reißte
der Kayser von Neiß wieder ab, nachdem
er prächtige Geschenke hinterlassen- und vornemlich denen Generalen von Seidliz,
Tauenzien und Lentulus goldne, mit Brillanten reich besezte, Ringe und Schnupfta-
bakdosen eingehändigt hatte.

Die Jahre 1770. bis 73. liefern uns wenig merkwürdiges von unserm Herrn Generalleutnant von Lentulus; wir wissen blos,
daß er im ersten derselben von Sr. Preußischen Majestet mit dem großen Orden des
schwarzen Adlers beehrt worden; ob aber
der Herr Generalleutnant den König zu jenem
Gegenbesuch, den er in gleichem oder dem
folgenden Jahre beym Kayser auf dem Lustlager bey Austerliz in Mähren ablegte, begleitet habe? ist dem Verf. unwissend, jedoch
sehr wahrscheinlich, daß der König von
Preußen, welcher auf seinen Reisen den
Herrn Generalleutnant von Lentulus gern

G

und öfters um sich hatte, ihn auch dißmal mit sich genommen habe.

Im J. 1773. beschloſſen die Höfe von Wien, Petersburg und Berlin bey denen überhand nehmenden Polniſchen Unruhen ihre Anſprachen auf einige Provinzen dieſes Reichs gelten zu machen; daher ließ in der Folge jeder dieſer Höfe 15000. Mann ſeiner Völker, welche, im Fall Widerſtands von Seite der Polaken, gemeinſchaftlich agieren ſollten, in Polen einrüken; die Oberfeld=herren dieſer Völker ſollten zugleich, als auſſerordentliche Geſandte, den Nuzen ihrer Souveraine aufm Reichstag zu Warſchau, welche Stadt zulezt durch die vereinigten Corps umſchloſſen wurde, beſorgen. Oeſt=reichiſcher Seits befehligte der Feldmarſchall=Leutnant von Richekourt = für Rußland der Generalleutnant von Bibikow = und für Preußen der Generalleutnant von Lentulus обbemeldte Kriegsvölker, und dieſe drey An=führer unterſtüzten die ordentlichen Geſand=ten ihrer Höfe bey der Republik Polen, die Freyherrn von Rewizki, Stakelberg und Benoit, und sezten deren Ansprachen, welche zwar erst 1775. völlig berichtigt wurden, gänzlich durch. Der Herr Generalleutnant von Lentulus hatte, nebst andern Befehls= habern, den braven Generalmajor und Chef des schwarzen Husaren= und Bosniaken=Re= giments von Loßow samt seinen beiden Re= gimentern und denen Malachowski=jezt Use= domschen gelben Husaren und verschiednen in Pommern und Preußen stehenden In= fanterie= und Dragoner=Regimentern bey sich, deren einige hernach zu Besezung des Polnischen, dem König abgetrettnen, Preuß= sens gebraucht wurden. Die Preuß. Völ= ker hatten sich zwischen Nord= und Südweß von Warschau gelageret, und stießen rechts an die Oestreicher, links an die Rußen. Nach Endigung dieser wichtigen Geschäften gieng der Herr Generalleutnant von Len= tulus wieder nach Potsdam und von da auch naher Schönebek zurük.

Der Großfürst von Rußland, Paul

Petrowiz, hatte im Frühjahr 1776. feine
Gemalin, die Prinzeßin Wilhelmiine von
Heßendarmſtadt, Schweſter der Kronprin⸗
zeßin von Preußen, welche, bey Annehmung
der Griech. Religion, Natalia Alexiewna
getauft worden war, im Kindbette verloren,
und man ſuchte ihm eine andre; die Prin⸗
zeßin Sophia Dorothea Auguſta von Wür⸗
temberg ⸗ Mümpelgard, Tochter des Her⸗
zog Friedrich Eugens und einer Prinzeßin
von Brandenburg ⸗ Schwedt, Nichte des
Königs von Preußen, wurde dazu auser⸗
ſehn, und der Großfürſt, den der berümte
Feldmarſchall Graf Peter Alexius von Ro⸗
manzow begleitete, kam im Sommer ged.
Jahrs durch Preußen nach Berlin, um dieſe
Gemalin abzuholen. Der Herr General⸗
leutnant von Lentulus hatte die Ehre, vom
König mit einem, ſeinem Auftrag gemäßen,
Hofſtaat dem Großfürſten bis an die äuſſerſte
Preuß. Gränze entgegengeſchikt zu werden,
demſelben unterwegs alle mögliche Ehrenbe⸗
zeugungen zu erweiſen, und ihn über Kö⸗

nigsberg, allwo die Besazung im Gewehr
stand, und die Kanonen auf den Wällen ab-
gebrannt wurden, nach Berlin zu begleiten;
der Herr Generalleutnant saß gewöhnlich in
einer Kutsche mit dem Ruß. Thronfolger,
welcher, auf seine Veranstaltung, zu Kö-
nigsberg in dem schönen Garten des Kriegs-
raths Saturgus, dessen ansehnliche Samm-
lung von Naturseltenheiten der Großfürst be-
schaute, aufs prächtigste bewirtet wurde; der
Großfürst hielt sich eine Zeitlang zu Berlin
auf, und nach Endigung derer Verlobungs-
Feyerlichkeiten war abermals unserm Herrn
Generalleutnant die Begleitung des erlauchten
Paars bis an die Gränzen aufgetragen worden, wobey ihm der Großfürst immer mit
besondrer Achtung begnete, und ihn beschenkte.
Noch am Ende des gleichen = oder Anfangs
des folgenden Jahrs erhielt unser Herr Generalleutnant von der Rußischen Kaiserin
den reich verzierten Orden des heil. Andreas,
welchen vor ihm noch kein Schweizer getragen hatte, nebst einem sehr verbindlichen

G 3

eigenhändigen Danksagungs-Schreiben seinen Bemühungen beym Großfürsten; der Verf. hat seither vernommen, ob mit- oder ohne Grund? daß der Herr Generalleutnant von Lentulus auch mit dem Schwedischen Serafinen- oder dem Schwerd-Orden beehrt gewesen seye.

Der in 1778. zwischen Oestreich und Preußen wegen der Bairischen Erbfolg entstandne Krieg, brachte den Herrn Generalleutnant von Lentulus wieder ins Feld; König Friedrich bestimmte ihn bey dem Heere zu fechten, welches sein großer Bruder, Prinz Heinrich von Preußen, befehligte, und die rechte Flanke derer Kriegs-Operazionen machte; unser Herr Generalleutnant war bey demselben einer der ältesten Generalen, und hatte bey der Reiterey nur den Generalleutnant Dubislaf Friedrich von Platen im Rang vor sich. Der Herr Generalleutnant von Lentulus gieng mit seinem und andern Kavallerie-Regimentern Anfangs Jul. naher Sachsen, wo die samtliche, an-

term Prinz Heinrich zu agiren bestimmte,
Kriegsmacht sich bey Dresden versammelt
hatte, wozu noch 20000. Sachsen stiessen;
unser Herr Generalleutnant befeligte sodann
die Reserve, welche aus denen Husaren-Re-
gimentern von Podgurski, Belling, Zettriz, Owstien und Usedom bestand, und
hatte die Generalmajore Karl von Podgurski und Georg Oswald von Zettriz
unter sich; diese Reserve war zusamen 50.
Schwadronen stark; und von solcher befanden sich die Podgurski- und Bellingschen
Husaren größtentheils mit bey denen Vor-
fällen bey Gabel und Georgental, woselbst
die Kaiserl. Bataillone von Geisrük und
Kaprara, samt einigen 100. Kroaten, gefangen wurden. Das vereinigte Heer stand
zwar mehrere Wochen lang bey Nimes der
großen Oestreichischen Macht unterm Feldmarschall Laudon vor der Nase, und suchte
solches zum schlagen zu bringen; allein
dieser so schlaue und erfahrne als kühne General blieb unverrükt in seinem festen Lager

hinterm Iserfluß stehn, und begnügte sich
damit, seinen Gegnern das fernere Eindrin-
gen in Böhmen und die Vereinigung mit
dem König von Preußen zu verwehren.
Die schlechte und alle Wege fast grundlos
gemachte Herbstwitterung, nicht aber die
vorgeblich aufm Punkt gewesene Einschlies-
sung durch die Oestreicher, nötigte den Prinz
Heinrich, seine Völker über Leutmeriz und
die Gebürge von Baskopol nach Sachsen
zurückzuführen, und in Kantonierungen zu
verlegen; dieser Rükmarsch war gewiß eben
so beschwerlich, als es vor dem Hannibals
Zug über die Alpen gewesen seyn mag; der
ununterbrochne Regen, welcher die ohnehin
abscheulichen und mühsamen Wege in denen
Böhmischen Gebürgen fast unbrauchbar
machte; die ausserordentliche Wachsamkeit,
welche, um den Rükzug ohne Verlurst zu
thun, gegen die allfäligen Absichten und Angriffe des verschlagnen Laudons angewandt
werden mußte, erforderte, besonders bey
Nacht, weil man in derselben sowol als bey

Tage marschierte, die größte Anstrengung und
Vorsicht; die Strapazen waren fast unaus-
stehlich, und ruinierten viele Leute und Pferde.
Unser Herr Generalleutnant führte beym
Aufbruch aus dem Lager bey Tschislowiz,
welches eines der lezten in Böhmen war,
die 2te Kolonne der Preuß. Reiterey, welche in denen Regimentern Lölhöfel, Mar-
wiz und Weiher bestand; diese 3. Küraßier-
Regimenter wurden hierauf nach Cobus,
Halle und Potsdam in die Winterläger verlegt; der Herr Generalleutnant aber gieng
ins Magdeburgische zurük. Wir sind nunmehr beym lezten merkwürdigen Zeitpunkt
der Lebensgeschichte unsers Herrn Generalleutnants von Lentulus, nemlich bey seiner
Verlassung derer Preuß. Kriegsdiensten; In
einem Alter von 65. Jahren, welche er durch
so viele Strapazen, Ungemach und Arbei-
ten verlebt hatte, suchte er Ruhe; der lezte
Böhmische Feldzug, worinn der Herr Generalleutnant, besonders aufm Rükmarsch,
oft Tag und Nacht im grösten Wind und Wet-

ter zu Pferd geblieben war, hatte seinen
Körper sehr mitgenommen; Er entschloß sich
daher, beym König den Abscheid zu fordern,
und seine übrigen Tage zu Bern in seinem
Vaterland zuzubringen, wo er noch eine
reiche Landvogtey haben konte; der König
von Preußen erteilte dem Herrn Generalleutnant, in Betrachtung seiner Gesundheits-
Umständen, jedoch äusserst ungern, seine
Entlassung; denn er konte schwerlich einen
Feldherrn missen, der ihm in allen Gelegenheiten so treflich gedient hatte, und überdiß
lange Zeit einer von seinen liebsten Gesell-
schaftern gewesen war; der Herr Generalleutnant wurde also Anfangs des Jahrs
1779. auf eine ruhmliche Weise seines Preuß.
Kriegsdiensts entlassen, und als er, nach
einem rührenden Abscheid, das bisher ge-
habte Leib = Kuraßier = Regiment dem Gen-
ralmajor Joh. Rudolf von Merian von
Basel, welcher vorher bey dem ehmals
Jung = Platen = jezt Boßeschen Dragoner-
Regiment gestanden, und vom König zum

Chef des vorbemelten Regiments ernennt
worden war, übergeben hatte, so kam er
im Febr. nach Bern, wo er an der nächsten
Ostern, seinem Rang nach, die sehr erträg-
liche = und wenig beschwerliche Landvogtey
Köniz ansprach, und, da keiner im Rang
vor ihm war, ohne anders erhielt. Die Ge-.
sundheits = Umstände des Herrn Generalleutnants verbesserten sich durch gute Ruhe und
Pflege vollkommen, und er wurde für sein
Alter wieder so munter, daß er im Stand
gewesen wäre, noch mehr als einen förmli-
chen Feldzug mitzumachen. Da die Genfer
im Winter 1780. bis 81. beynahe in Thätlichkeiten ausbrachen; so hatte der Stand
Bern 86. Grenadier = Compagnien, einen
schönen Zug groben Geschüzes, nebst einigen
100. Jägern und Dragonern, marschfertig
gehalten, und der Herr Generalleutnant von
Lentulus solte diese Völker anführen; die
Wirbelköpfe legten sich aber damals noch zum
Ziel. Im Frühjahr 1781. sahe es zwar zu
Freyburg ernsthaft aus, als die Untertanen

dieſes Kantons, wegen einigen Beſchwerden
ſich zuſamengerottet = und die Hauptſtadt auf
einer Seite gleichſam blokiert hatten ; Der
Herr Generalleutnant ſolte mit 6000. Mann,
welche von 3. Seiten anmarſchierten, dem
Stand Freyburg zu Hülfe eilen ; allein die=
ſes war nicht mehr nötig, weil die von Bern
gleich Anfangs in Freyburg gelegte Infan=
terie und faſt 2. Schwadronen Dragoner in
denen erſten Tagen des May auf einer Rekog=
noszierung, welche der Obriſt von Froide=
ville und Obriſtleutnant von Ryhiner mit
einem Detaſchement vornahmen, bey einem
Wald zwiſchen der Stadt und dem Dorfe
Pigriz 7 = 800. bewafnete Bauren ohne Blut=
vergieſſen gefangen genommen = und den Reſt
zerſtreut hatten, welches auf das übrige
Landvolk den gehörigen Eindruk machte.

Im Jahr 1782. zwangen die unruhigen
Genfer, welche ſich an keine Vorſtellungen
von Seiten Berns kehrten, dieſen Stand,
daß derſelbe (zwar nicht um den Genferi=
ſchen Freyſtaat zu unterdrüken, ſondern um

bey allen Vorkehren Frankreichs und Sar-
diniens, welche diesem Unwesen ein Ende
machen zu wollen vorgaben, die Hand im
Spiele haben zu können,) 3. Bataillonen
Grenadiere, mit nöthigem Geschüz und einiger Kavallerie nach Genf schiken mußte,
über welche der Generalleutnant von Lentulus die Anführung erhielt, und solche im
Anfang des Jun. bey Boisbogi, zuäusserst
an der Gränze vom Berngebiet gegen die
Französ. Landschaft Gex - bald darauf bey
Klein - Saconex - und endlich bey Wua-
rambex kampieren ließ, so daß Genf durch
die Völker von Bern auf dieser Seite der
Rhone-gleichwie durch die Franzosen und
Piemontesen auf der andern Seite eingeschlos-
sen wurde. Der Marschall de Kamp Mar-
lis von Jaukourt und Generalleutnant Graf
von Marmora, welche als Feldherren - und
zugleich als Bevollmächtigte derer Höfe von
Versailles und Turin handelten, ließen am
Ende ged. Monats im Einverständnis mit
dem Herrn Generalleutnant von Lentulus

ein Manifest ausgehn, worinn die Genfer
zur Uebergab aufgefordert wurden, und ein
andres, nach welchem alle und jede Angehö-
rige von Frankreich, Savoyen und Bern,
welche, im Fahl eines Angrifs, in Genf
mit Waffen in der Hand ergriffen würden,
ohne weiters aufgeknüpft werden sollten. Da
unser Herr Generalleutnant im Rang und
an Jahren der älteste war; so hatten die
beiden andern Feldherren alle Achtung für
ihn, und der Markis von Jaukourt, der
den Herrn von Lentulus seit dem Roß-
bacher-Treffen, worinn er selbst von denen
Preußen gefangen worden, kennen mochte,
hieß ihn gemeiniglich seinen Vater, und der
Feldherr von Bern hatte die Ehre, am 1ten
Jul. da Genf durch die vereinigten Völker
überrascht worden, den Oberbefehl über dieselben zu führen. Am Ende dieses Monats
aber ließ der Generalleutnant von Lentulus
die Berner, mit Hinterlassung einer Besazung, welche ihrerseits der Obristleutnant
von Le-Maire kommandierte; wieder nach
Haus ziehn.

Nicht lang hernach, in denen erſten Tagen
des Sept. traf der Großfürſt von Rußland
mit ſeiner Gemahlin, unterm Namen eines
Grafen und einer Gräfin von Nord, nebſt
dem Prinz Friedrich von Holſtein-Gottorf,
Koadjutorn von Lübek, und deſſen Gemahlin
zu Bern ein, und hielten ſich, mit Einbe-
griff einer Reiſe in die Lauterbrunnen-Glet-
ſcher, ein paar Tage auf; unſer Herr Generalleutnant machte dem Rußiſchen Thronfolger die Aufwartung, wurde von demſelben mit vieler Achtung und Freundſchaft empfangen, und war meiſtens deſſen Begleiter;
der Großfürſt freute ſich, denjenigen noch ge-
ſund anzutreffen, den er auf ſeiner Reiſe
durch Preußen nach Berlin-und von da
weiter zurük bis an die Ruß. Gränzen mit
Vergnügen um ſich gehabt hatte, und er umarmte den Herrn Generalleutnant beym Ab-
ſchied wie beym Empfang aufs gnädigſte.

Im Sommer 1784. kam Prinz Heinrich,
Bruder des Königs von Preußen, unterm
Namen eines Grafen von Oels, mit einer

kleinen Begleitung nach Bern; der Herr Generalleutnant von Lentulus empfieng denſelben beym ausſteigen aus dem Wagen, und
wurde von dem Sieger bey Freyberg, unter welchem er verſchiedene Feldzüge gemacht,
als ein alter treuer Diener ſeines Königlichen
Bruders angeſehn; der Prinz umarmte ihn,
unterhielt ſich öfters mit ihm, und der Herr
Generalleutnant begleitete den Prinzen ins
Zeughaus, welches demſelben ſehr wol gefiel; er war auch faſt immer um ihn, bis ſol-
cher, nach kurzem Aufenthalt, ſeine Reiſe in
Frankreich über Neuenburg fortſezte.

An der Oſtern 1785. hatte unſer Herr
Generalleutnant das Vergnügen, daß ſein
jüngrer Herr Sohn, der Rittmeiſter, in
den Großen Rath zu Bern befördert wurde.

Das lezte merkwürdige vom Herrn Generalleutnant von Lentulus war deſſen Reiſe
nach Surſee im Kanton Luzern, wo ſich
jährlich die Helvetiſche Militär-Geſellſchaft
aus denen mehreſten Eidgnöſ. Ständen ver-
ſammelt, um, ſoviel möglich, die, in unſern
Zeiten

Zeiten aufs höchste getrieben und verfeinerte
Kriegskunst auch in unserm Land zu verbes-
sern, und eine, der Beschaffenheit des Lands
und der Nation gemäße, gleichförmige Tak-
tik und Uebereinstimmung im Kriegswesen
ausfindig zu machen, wie auch um durch einen ungezwungenen Umgang und bessere Be-
kantschaft Vertraulichkeit zu pflanzen; da
dem Herrn Generalleutnant von Lentulus
alles dasjenige am Herzen lag, was den alten
Helvet. Heldengeist und die Ehre unsrer Nation erhöhen konte; so wolte auch er das sei-
nige dazu beytragen, und entschloß sich dahin zu reisen; Am 9ten Jul. 1786. langte
der Herr General in Begleitung vieler
Staabs- und andrer Offiziere von Bern zu
Sursee an, wo auch die Herren Generale
von Pfeiffer, Zurlauben und Steiner,
nebst vielen Offizieren, besonders von Zürich,
Luzern und Basel einfanden, so daß diese
Versammlung die glänzendste war, die man
bisher daselbst gesehn hatte; die Herren Generale wolten samtlich mit ihrem meißten Be-

H

gleit am Montag nach Cyrillen den Sem=
pacherſee hinauf nach Sempach=und von
da zur ſogenennten Schlachtkapelle, ober=
halb dieſem Städtchen, wallfarten, weil
auf dieſen Tag eben das 4te Jahrhundert ver=
ſtrichen war, daß Herzog Leopold von Oeſt=
reich, nach einem blutigen Treffen, in 1386.
mit 2000. der ſeinen von denen Schweizern
erſchlagen worden war; Herr Gölblin von
Tieffenau, Pfarrer zu Innweil im Kanton
Luzern, ein Redner von vielen Talenten,
hielt die Gedächtnisrede voll Kraft und Nach=
druk, und zeigte darinn, was die Helvezier
ihren dapfern Ahnen, vornemlich dem groſ=
ſen Arnold von Winkelried, der zu Erwer=
bung des Siegs ſein Leben heldenmütig auf=
opferte, zu danken haben! Der Herr Gene=
ralleutnant von Lentulus wünſchte beſon=
ders, das Schlachtfeld, worauf die Kapelle
ſteht, an welcher Stelle Herzog Leopold
ſelbſt umkam, zu beſehn, und der Feyrlich=
keit beyzuwohnen, welche mit einem Hoch=
amt geendigt wird; man hatte würklich zu

Sempach ein Pferd für ihn bestellt, damit
er desto leichter auf diese mit beschwerlichen
Zugängen umgebne Anhöhe kommen könte; —
allein die, in der Nacht vorher einfallende,
schlechte Wittrung vereitelte, zu jedermanns
Bedauren, dieses Vorhaben; In der am
gleichen Tage zu Surfee gehaltnen großen
Gesellschafts = Versammlung begab sich der
Herr Generalleutnant von Pfeiffer von Wy-
her seiner bisher mit allem Beyfall geführten
Präsidentenstelle, worauf anser Herr Generalleutnant von Lentulus einhellig an dessen
Plaz erwählt wurde, und in einer kurzen
doch schönen Rede die Nothwendigkeit einer
eignen, der Nation angemeßnen, Taktik-
samt noch mehrern wichtigen Gegenständen
darthat, und verschiedene Verbesserungen vor-
schlug, welche mit Beyfall aufgenommen
wurden. So endigte sich diese Patriotische
Versammlung, welcher der Herr General
zum ersten = und auch — leider! zum leztenmal
beywohnte; denn auch für ihn nahte das Ende
der Tage! Der Herr Generalleutnant hatte

H 2

seit seinem Abscheid aus Preuß. Diensten bisher, einige Schwachheiten des immer zunue-
menden Alters ausgenommen, einer sehr guten Gesundheit genossen; allein gleich nach
seiner Rükkehr von Sursee verspürte er solche Zufälle, die ihm eine völlige Brustwasser-
sucht und baldigen Tod drohten; er bestellte
also bey Zeiten seinen lezten Willen; Das am
17ten August erfolgte Absterben seines gewe-
senen Kriegsherrn, des verewigten Preuß.
Friedrichs, machte gleichfahls Eindruk auf
den Herrn von Lentulus, und er soll mehr
als einmal gesagt haben: "daß wie im sie-
„benjährigen Krieg bisweilen Zieten den
„Vorderzug= der König die Mitte=und er
„selbst den Nachtrab des Preuß. Heers ge-
„führt, also auch in gleicher Ordnung „
(denn Zieten war im Jan. 1786. gestorben)
"gehe der Marsch ins Reich der Todten! „
Der Herr General hatte zwar im Nov. noch
so viel Kräfte, daß er der Bunds=und Bur-
gerrechts=Erneurung beywohnen konte, welche der Obrist Kleistschen Infanterie=Regi-

ments, Ludwig Gottlieb Le Chevenix von
Beville, als Statthalter des Fürstentums
Neuenburg, im Namen des jeztregierenden
Königs von Preußen, Friedrich Wilhelm
des II. vor dem Souveränen Rath zu Bern
verrichtete; bald darauf aber nahm die
Krankheit bey unserm Herrn General so sehr
überhand, daß, ungeachtet einer anscheinen=
den Besserung, derselbe zusehends schwächer
wurde, und endlich am 26sten Dec. Nachts
um 11. Uhr auf seinem Landgut, welches er
nach seiner Heimkunft aus Preußen erkauft=
und Mon-repos genannt= auch nach geendig=
ter Amtsverwaltung in 1785. bezogen hatte,
in einem Alter von 72. Jahren, 8. Monaten
und 8. Tagen seinen Geist aufgab. Im Testa=
ment, worinn er seine beiden Söhne zu Er=
ben eingesezt, hatte der Herr General ver=
langt, in der Nische auf einem Hügel vor sei=
ner Wohnung, von welchem man die präch=
tigste Aussicht, rechts gegen die Schneege=
bürge, links nach dem Jura, oder Leber=
berg=gerad vor sich aber auf=und über die

Stadt Bern genießt, ohne einige Pracht
und Feirlichkeit beygesezt zu werden, und
man willfarte ihm darinn. In eben diesem
Testament hatte der Herr General auch alle
seine Schriften und Papiere von einiger Wich-
tigkeit, als die Korrespondenz mit Friedrich
dem Großen und andern Hohen und gekrön-
ten Häuptern, seine eigenhändigen Nachrichten über den 7. jährigen Krieg in Schlesien, rc. und ein Buch, der Kavallerist be-
titelt, seinen Herren Söhnen vermacht.

Der Herr General war von schöner Länge,
welche bey 7. Schu betragen mochte, und er
gehörte eher zu den fetten als magern Leuten;
Er stellte also eine sehr ansehnliche Person
vor, und man erkannte in seiner kriegri-
schen Bildung alsbald den Feldherrn, wozu
er gleichsam geboren war; Er sprach mehrere Sprachen mit vieler Leichtigkeit, und
wurde als ein Hofmann zu verschiednen Ge-
sandschaften gebraucht, wie wir s. O. gemeldet haben; Im Feld zeigte er sich an der
Spize seiner Schwadronen ganz als Held

und Krieger, und obwol er in 10 / 12,
Schlachten gegen Franzosen, Türken,
Bayren, Oestreicher und Russen an be-
nen gefährlichsten Stellen und in entscheiden-
ben Augenbliken gefochten, so wissen wir
doch nicht, daß er jemals verwundt worden, obwol er vermutlich öfters das Pferd
unterm Leib verloren hatte. Wenn bey gros-
sem Licht großer Schatten - und bey außeror-
bentlichen Tugenden nicht mindere Schwachheiten angetroffen werden; so überwogen
jene doch diese, welche mehr persönlich waren, bey weitem. Er wies gleich bey seiner
Gefangennehung bey Prag die vorteilhaften
Anerbietungen zum Preuß: Dienst aus Er-
gebenheit und Treue gegen die Königin von
Ungarn, von der Hand, und nahm dieselben erst dennzumal an, als man ihn nach
langem Ansuchen um Beförbrung, mit leeren Worten abspies, und ihm den Abscheid
ertheilte. Dem König von Preußen diente
er mit mustermäßigem Eifer im Feld sowol
als in andern wichtigen Aufträgen, und hatte

H 4

in allem über 50. Jahre lang, also mehr
als ⅔ seines Lebens, für Habsburg und
Brandenburg die Waffen getragen.

Dem Herrn Generalleutnant von Lentulus darf wol niemand große militärische
Kenntnisse absprechen, denn er wurde, wahr-
scheinlich nur darum, hin und wieder benei-
det; aber genug! ganz Europa - König
Friedrich und sein großer Bruder, Prinz
Heinrich von Preußen - die besten Richter
über Milit. Talente - kanten seine Verdienste,
und der Ruf von ihm drang bis in Italien,
wo er zuerst im Feld erschienen war; Die
Republik Venedig soll in 1767. zur Absicht
gehabt haben, dem Herrn von Lentulus die
einträgliche, und durch Königsmark und
Schulenburg ehrenhaft gewordne, Stelle eines Feldherrn über die Völker dieses Frey-
staats, welche durch Absterben des General
Gräme ledig worden war, zu übertragen;
allein derselbe blieb noch fast 12. Jahre lang
in Preuß. Diensten, und als er solche in
1779. verlassen hatte; so wandte er, wie

wir f. O. gesehn, seine übrigen Kräfte zum
Dienst seines Vaterlands an ; das Berne-
rische Militär hat dem Herrn Generalleutnant sehr vieles zu danken; die heutige Ver-
fassung desselben , welche respektabel genug
ist, wenn jeder das seine thun will, kommt
guten Theils von ihm her; Er führte auch
die fast unentbehrliche reitende Artillerie ein ,
wovon man schon den Nuzen in jenen Frey-
burger-Unruhen gesehn hat , da die einzige
Kanone, welche die Berner-Dragoner mit
sich führten , durch ihre geschwinden Manöver den ganzen Schwarm derer bewafneten
Bauren in Schreken und Erstaunen sezte ;
diese reitenden Kanoniere waren aus den
Dragonern gezogen, und vom Herrn Gene-
rallentnant von Lentulus selbst mit gröstem
Eifer und aller Sorgfalt geübt und unterrich-
tet worden. Der Herr General wußte sich
die Neigung und das Zutrauen des Gemeinen solchermaßen zu erwerben , und denselben durch Freundlichkeit und gute Behand-
lung so zu gewinnen , daß er mit diesen Leu-

ten alles hätte thun können, woran andre
nicht denken dorften; Mit Recht wird alfo
der Verlurst, den die Republik Bern= ja
die ganze Schweiz in diefem trefflichen Offizier erlitten hat, beklagt. In feiner Ehe mit
der Gräfin Maria Anna von Schwerin erzeugte der Herr General 3. Söhne und 1.
Tochter, welche leztre aber, fo wie der äl=
teste Sohn, frühzeitig mit Tode abgegangen;
diefer Hoffnungsvolle Sohn hieß Friedrich
Wilhelm Rupert Cäfar, und hatte die
Ehre, daß der König von Preußen felbst
fein Taufpathe war; auch wurde er noch
jung zum Kornet bey den Gendarmen ernennt, und in feinem Kehr zum Leutnant;
er starb aber fchon in den fechsziger Jahren
an den Folgen eines Trunks, den er auf ei=
nem Ball in die Hize gethan hatte; von de=
nen beiden andern Söhnen ist Herr Cäfar
Scipio Leutnant in dem Regiment Musketier vom Prinz von Preußen, welches zu
Potsdam in Befazung liegt, auch Königl.
Kammerherr, und bey dem jezigen König,

mit dem und deſſen verſtorbnen Bruder, dem Prinzen Karl von Preußen, derſelbe erzogen worden, ſehr in Gnaden ſteht; Herr Robert Scipio aber iſt Königl. Preuß. Rittmeiſter unterm Leib-Regiment Karabinier, zu Ratenaù in der Mittelmark, und ſeit Oſtern 1785. Mitglied des Großen Raths zu Bern; beide ſind noch unvermält.

Der Verf. glaubte das Andenken des Hrn. Generals, der mit Recht unter die großen und merkwürdigen Männer gezält wird, welche die Schweiz hervorgebracht hat, und auf den ſein Vaterland ſtolz ſeyn kan, zu ehren; Seine Aſche ruhe im Frieden! und ſein Name glänze unter den Helden-Namen edler Helvezier im Tempel des Nachruhms.

Lentulus

und die

Helden.

Ins weite Reich der abgeschiednen Geister,
  Wohin der größte Held auch muß,
Trat, nach durchlauf'ner Bahn von Thaten und
                von Jahren,
  Jüngst Feldherr Lentulus.

Ihm nahten, als er kam, schnell and're Schatten
  Vordem verstorb'ner Krieger sich,
Der Helden Geister alle, die im Kampf ge-
                blieben
  Für König Friederich!

Mit ihnen auch die nicht den Schlachttod star-
ben
Im blutbesprizten Kriegesfeld,
Doch fürchterlich wie sie, — hat Seibliz,
Krokow, Ziethen, *)
Puttkammer, Winterfeld! **)

Golz, Schmettau, Krusemark und Keit,
der Britte
Katt und der edle Greis Schwerin, ***)

---

*) Friedrich Wilhelm, Freyherr von Seib-
liz, Königl. Preuß. General der Kavallerie, wurde
von Freund und Feind geschäzt und bedauert,
als er im 1774 Jahr starb; Anton von Krokow, war Generallieutenant der Reiterey und
Inhaber eines Dragoner-Regiments Hans Joa-
chim von Ziethen, General der Kavallerie, ist
durch viele und große Thaten bekannt genug; er
starb im Jan. 1786.

**) Georg Ludwig von Puttkammer, Preuß.
Generalmajor und Chef eines Regiments Husaren,
blieb am 12ten Aug. 1759. im Treffen bey Kunnersdorf; Hans Karl von Winterfeld,
Generallieutenant der Infanterie, starb an seinen
im Gefecht bey Moys in der Lausiz im Sept.
1757. empfangenen Wunden.

***) Karl Christoph von der Golz, Preuß.

All' eilen dem gekannten und beliebten Schwei-
ter,
Entgegen, grüßen ihn.

„ Mein König folgte mir in dieß Gefilde, "
Zum Freund der bied're Ziethen sprach:
„ Nun führt der Tod auch dich, Vertrauter
des Monarchen!
„ Hieher uns beyden nach! "

General-Lieutenant der Infanterie; Johann
Ernst von Schmettau, und Hans Friedrich von Krusemark, Generalmajore der
Reiterey, starben in ihren besten Jahren an bösen
Krankheiten; Feldmarschall Jakob Keit hinge-
gen blieb im Treffen bey Hochkirch am 14ten
Okt. 1758. Der General-Lieutenant Hans Frie-
drich von Katt war, unmittelbar vor unserm
Herrn von Lentulus, Chef des Leibküraßier-
Regiments, starb aber erst einige Jahre nach sei-
ner Entlassung; und der Feldmarschall Kurt
(nach andern Karl) Christoph von Schwe-
tin, welcher am 6ten May 1757. bey Prag
umkam, war, wie schon oben gemeldt, ein naher
Verwandter der Gemalin des Herrn General von
Lentulus.

Des Wiedersehns freu'n sich die Kriegsgefährten!
Bald aber durch den Lorbeerhain
In Kreis der tapfern D e u t s c h e n schwebten
andre Schatten
Elysiums herein.

Die Dapfersten der Vorzeit — edle Streiter,
Sie — jener B r e n n e n - Führer werth!
An Mut und schönen Thaten große S c h w e i -
t e r h e l d e n,
Gefürchtet und geehrt.

Sieg oder Tod! kein Feind sah diese weichen!
Darum ihr hoher Name blüht;
Zwe'n E r l a c h, H e r t e n s t e i n, H a l l w e i l,
die B u b e n b e r g e,
Der kühne W i n k e l r i e d! *)

Wald-

---

*) U l r i c h von E r l a c h, Ritter und Anführer der
B e r n e r, gewann im Jahr 1298. die Schlacht
am D o n n e r b ü h l, unweit B e r n, und schlug
die weit stärkern Völker des Adels aus der W a a t,
R u d o l p h von E r l a c h, Ritter, besiegte in
1339. mit 5000. Mann von B e r n und ihren
Bundsgenossen von U r i, S c h w e i z und U n -
t e r w a l d e n, das mehr als 20000. Mann starke
Heer der O e s t r e i c h e r und des Adels, welches
Laupen

Waldmann, von Mulern, Moos, Wol-
          laab und Matter,
Und du, gepriesner Gundolding! *)
Hell strahlt des Kriegers Muth, der fest im
          Stahlgepraffel
Den Tod entgegen gieng!

Laupen belagerte, mit großem Verlurst aus dem
Feld; Kaspar von Hertenstein von Luzern; Hans von Hallweil, Adrian und
andere des Geschlechts von Bubenberg von
Bern zeichneten sich bey der Schlacht und Belagerung Murtens ungemein aus; Arnold
Struthan von Winkelried von Unter-
walden erwarb durch seinen freywilligen Hel-
dentod in der Sempacher-Schlacht am 9ten
Jul. 1386. denen Schweizern einen blutigen
Sieg, welcher dem Herzog Leopold von Oesterreich und seinem halben Heere das Leben köstete.

*) Johannes Waldmann von Zürich, und
Rudolf von Mülern von Bern, beyde
Ritter, hielten sich bey Murten und Laupen
vortreflich; erster war in der Schlacht oberster
Hauptmann des Eid- und Bundsgenößi-
schen Heers, und leztrer einer von den Befehlshabern der Besatzung in Laupen; Heinrich von Moos und Petermann von Gun-

J

Bewundernd staunten erst die Schweizerhel-
den

Den großen Enkel an,
Bis gegen Lentulus der Feldherr Berns vor
Laupen

Allein. und so begann:

„ Oft hörten wir von deinem Ruhm,
„ Und freuten uns, o Sohn!
„ Denn Ehre, Krieger! brachtest du
„ Der ganzen Nazion!

„ Und führtest, deinen Vätern gleich,
„ Im Kampf das Heldenschwerd;
„ Von hundert neuern Kriegern sind
„ Kaum sieben unsrer werth!

bolbingen, beyde Ritter und Schultheißen zu
Luzern, Anführer der Eidgenossen im Streit
bey Sempach, erkauften den Sieg und die Frey-
heit mit ihrem Leben. Heinrich Matter von
Bern führte die Schweizer bey St. Jakob,
wo sie dem Heer des Französ. Delphins An. 1444.
den Sieg aufs theuerste verkauften. Heinrich
Wolläb von Uri trug An. 1499. mit Aufopfe-
rung seines Lebens viel zum Sieg bey Frastenz
bey, wo die Schwaben mit größtem Verlust aus
ihrer vortheilhaften Stellung geschlagen wurden.

„ Ihr Name bloß ist Schweizerlich,
  „ Nicht aber Herz und Sinn!
„ Entnervt durch Lüste waren sie,
  „ Und nur bey Weibern kühn!

„ Erlöscht in unsern Enkeln schön
  „ Der alte Schweizer Mut,
„ So kämpften wir umsonst für sie!
  „ So reut uns unser Blut!

„ Einst bebten Könige vor uns!
  „ Und wir vor ihnen nie!
„ Und unsre Söhne? — zittern nicht
  „ Vor Fürstenknechten sie? — “

In aller Namen sprach's der wakre Berner,
  Da Lentulus ihn unterbrach, —
Und was der Heldensohn dem hohen Führer
               sagte,
  Das, Muse! sage nach!

„ Theur, Väter! ist mir euer Lob,
  „ Und ehrenvoll genug!
„ Daß ich zum Ruhm Helveziens
  „ Vordem die Waffen trug!

„ Für Preußens Königlichen Held
„ Focht' ich als Held im Krieg;
„ In mancher Schlacht schlug meine Faust
„ Entscheidung — bracht' ihm Sieg!

„ Auch Feldherr war ich noch zuletzt
„ Der Berner Kriegesmacht, —
„ Und ob ich gleich sie nie geführt
„ Ins Feld der kühnen Schlacht,

„ So regt in unf'rer Nazion
„ Sich dennoch Schweizermuth;
„ In vieler Herzen wallet warm
„ Der Ahnen ächtes Blut!

„ Noch sind die Schweizer ihrer werth,
„ Und werden's immer seyn!
„ Wenn sie nur Stolz und Weichlichkeit
„ Weit mehr als Feinde scheun. "

Druckfehler.

S. 5. Linie 18. lies Quartier, anstatt Quatier,
5. — 21. — nach 1737. ist vergessen ausge-
        brochnen Kriege.
23. — 1. — Kinder, anstatt Sohn.
— — 2. — 2. Söhne leben, anst. 2. leben,
42. — 2. — aufgesteckten, anst. aufgestrekten,
48. — 20. — aller vier Kolonnen anst. aller
        Kolonnen.
76. — 4. — kam anstatt kamen,
79. — 13. — Zeulenberg, anst. Zeuhlenberg,
— — 15. — Flügel = und anst. Flügel und-
29. — 1. — 20000. anstatt 15000.
16. — 8. — nach Szerdahely,
35. — 7. — daher so lang, anst. daher bis so
        lang,
7. — 6. — zurükgetrieben, anst. zurügettrie-
        ben.

www.ingramcontent.com/pod-product-compliance
Lightning Source LLC
Chambersburg PA
CBHW020406030726
47496CB00007B/2328